2022年版
夏井いつきの365日季語手帖

夏井いつき著

はじめに

「毎日一季語」を知り、「毎日一句」を味わい、
詠んだ俳句を「投句」できる一冊を！
俳句のある毎日をおくりたい人たちのための
『365日季語手帖』も六冊目となりました。
インターネットを使っての投句も増え、
これまでを上まわる21032句の投句がありました。
暦の俳句としては136句が採用されました。
巻末でも、「秀作」「佳作」から入選に「もう一歩」だった
俳句までを掲載しております。

［本著の特徴］

1 毎日一つずつ、季語を知ることができます。
2 毎日その季語を使った名句を鑑賞できます。

3 その週の季語を使った俳句を、毎週一句書き込めます。
4 自分の句を232ページの要項に沿って、郵便ハガキで投句できます。

これからも引き続き、投句を募集していきます。
2023年版の暦に採用されるのは、
あなたの俳句かもしれません。
今年から始めてみようという方も、毎年チャレンジされている方も、
ご一緒に俳句のある毎日を楽しんでまいりましょう!

※紹介した俳句の中には、複数の表記が存在するものがあります。
掲載の季語は、参考文献の表記を採用しています。
※参考文献は、234ページを参照してください。
※特別な場合にのみ、俳句にルビをふっています。

本書の使い方

本書は、読者のみなさんに楽しく俳句を作る練習をしていただく一冊です。学んだ季語を使って、毎日俳句を作ってみましょう。

月日を示すアイコンには、月の満ち欠けを用いています。

1/19

寒暁《かんぎょう》

時候

冬において、最も冷え込む明け方から朝。

寒の暁ツィーンツィーンと子の寝息

中村草田男

「ツィーンツィーン」のオノマトペが見事だ。ひとしお冷え込む寒の暁。傍らの子の寝息を確かめる視線に、草田男の親としての情愛がある。寒暁に感じる体温もまた愛おしい。

1/20

雪礫《ゆきつぶて》

人事

雪合戦などで、雪を握り固めて丸くしたもの。

靴紐を結ぶ間も来る雪つぶて

中村汀女

雪合戦はいざやってみると野蛮で容赦がない遊びだ。まず休めない。「タンマ」も効かない。靴紐が解けでもしたら格好の的だ。ざんざんと被る雪つぶてが身にこびりつく。それが楽しい。

18

季語の分類を示し、解説をしています。

紹介した俳句の鑑賞をしています。

紹介した季語を使った俳句を掲載しています。

1/21

初鶏《はつとり》

動物

元旦の暁に鳴く鶏。神秘性があり清々しい。

特選

初鶏の鳴いて火輪を産み落とす　鈴木麗門

大いなる火の輪である太陽。初鶏の一声が年の新たな太陽を産み落とすという発想のダイナミズムに惹かれる。虚の世界に「産み落と」される、生命みなぎる太陽。

一月

今週学んだ季語を使って一句！

一言アドバイス

五音のフレーズを三つ探そう！

19

投句いただいた俳句の中から、2022年版に暦の俳句として採用された優秀句には、「特選」マークをつけています。

一週間ごとに、作った俳句を書き込めるメモ欄を設けています。

俳句は、実際に作ってみることが何よりも大切。
覚えた季語はすぐに使って、
自分のストックにしていきましょう。

3ヶ月ごとに、複数の俳句を実作できる練習ページがあります。

一月～三月のまとめ

この3ヶ月間で、俳句は何句できましたか？　楽しみながら、実作していますか？　このページにこれまで作ってきた句を、一句一句丁寧に清書してみましょう。そして、自分がうまく詠めたと思った句に○印を付けて、投句の準備を進めていきましょう。

60

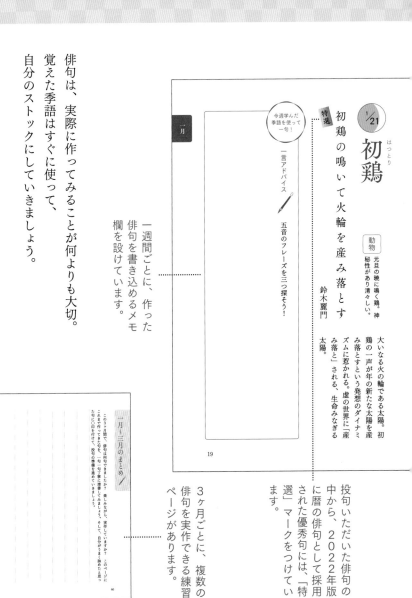

夏井いつきの365日季語手帖◉目次

一月の季語

1/1 祝

初東風《はつごち》

天文

新年になって初めて東方から吹く風。

特選

初東風や国旗の赤が大胆だ

笑笑うさぎ

新年の寿《ことほ》ぎを国旗がはためく。日本の旗だ。中心には太陽を表す赤が染め抜かれている。純白の中心にでんと据えられた赤の堂々たる大胆。日出る東から、新鮮な初東風が吹き寄せる。

1/2

初景色《はつげしき》

地理

元日に眺める景色。正月の瑞気に満ちている。

たちまちに日の海となり初景色

鷹羽狩行

まだ暗いうちに起き、日が射し初めるのを待つ。ひとたび太陽が昇れば、陽光は波のように景色を浸していく。たっぷりと日の射し照らす光景の神々しくめでたいことよ。

1/3

三日《みっか》

特選

コンビニに猫砂のある三日かな　彼方ひらく

時候　正月三が日最後の日。さびしい気分も。

正月のめでたい気分に少し飽き始める三日。日用品にも不足が出始める中、コンビニへ出掛ける。そういえば、猫砂の在庫はまだあったか。日常へ戻りつつある意識に「三日」らしさがある。

1/4

初鏡《はつかがみ》

まだ何も映らであらぬ初鏡　高浜虚子

人事　新年になり初めて化粧すること。またその鏡。

新年の朝の晴れやかな気配に満ちた部屋。そこに置かれた鏡は、何も映していないかのように清らかに美しく静まり返っている。私もまた無垢な心で今年初めての鏡に向かうのだ。

1/5

新年《しんねん》

新年の言云はず背と旅にゐる

石橋秀野

時候

年の始めのこと。新しく迎えた年への感慨。

「背」は親しい男性を指す言葉。旅の最中に新年を迎える。年を越す瞬間か。あるいは元日の朝か。もはや、わざわざ新年の言《こと》を交わす間柄ではない。どこに居てもしみじみと共に在る幸福。

1/6

若水《わかみず》

若水や天津広海星の綺羅

松根東洋城

人事

元日の朝、初めに汲む水をいう。

天津は現在の中華人民共和国の都市である。開放された港には、広い海が開かれている。夜から朝へ向かう、まだ星のきらめく刻だ。異国に汲む若水はまだ夜の冷たさを湛《たた》える。

1/7

七種《ななくさ》

人事

邪気を除くと言われ七種の若菜を粥に入れる。

七種やあまれどたらぬものも有り

加賀千代女

その年の息災を祈ってこしらえる七種粥。十分摘んだつもりが、どうもバランスが悪かったらしい。余った七種もどうしよう、足りない七種もどうしたものやら。飄々とした語りが愉快。

今週学んだ季語を使って一句！

一言アドバイス

五七五の間を空けず、縦書きにするのが基本の表記。

1/8

若菜摘《わかなつみ》

若華摘む手や袖縁の紅の色

各務文考

人事

正月七日、七草粥のための若草を摘むこと。

若菜を摘む手。今年の厄を除くための七種を摘むのは若い女性の手だ。紅色の袖口から伸びる手の白と、若菜の新鮮な緑。「や」の強調も映像の作りとして鮮やか。

1/9

輪飾《わかざり》

特選

輪飾をはづし延滞図書返却

佐々木のはら

人事

注連縄の一種。藁を輪に編んだ正月飾り。

正月気分が消えるのにはいくつかのタイミングがある。注連飾《しめ》りを外すともなると、いよいよ目に見えて日常が戻って来る。正月の出不精で図書返却期限も過ぎてしまっていて……、嗚呼。

1/10 祝

雪野《ゆきの》

特選

雪野行くいま標的となつてゐる

樋口滑瓢

地理

一面の雪に覆われた野原。雪野原ともいう。

一面の雪野。ただ一色の白を、踏みしめて歩く。狼や、熊や、猛禽《もうきん》のことを思う。今この雪野に自分自身が放つ彩色。もし捕食されるなら、絶好の標的となっているだろうよ。

1/11

睦月《むつき》

一族の百人あまり睦月かな

石井露月

時候

陰暦一月の異名。立春頃から三月初めの頃。

一説には「睦月」は「みなむつみあう」に語源を持つという。正月に皆集まり、互いに親しみ合うのだ。近縁から遠縁まで百人あまりに及ぶ壮観。「一族」には似た顔もちらほら見えて。

1/12

傀儡師《かいらいし》

人事

正月に家々を回り祝福した門付けの一種。

特選

傀儡師の位牌のやうに抱く木箱

七瀬ゆきこ

新年の戸を訪う傀儡師は首に木箱を提げている。まるで「位牌」のように大事そうに抱きかかえる箱。人型のモノが取り出される瞬間はなにか恐ろしい秘密を明かされるように思えて。

1/13

寒の入《かんのいり》

時候

最も寒さの厳しい時期。小寒から節分まで。

うす壁にづんづと寒が入りにけり

小林一茶

一茶の句ではあるが様々な時代の「うす壁」を想像すると可笑《おか》しい。当時の薄い土壁は文字通り忍び入る寒気にまいるだろう。現代なら隣から漏れる音への心理的寒さもある。寒が侘しい。

1/14

寝正月《ねしょうがつ》

人事

正月休みの間、家に籠ったきりで過ごすこと。

特選

あばら家と食ふものあらば寝正月

じゃすみん

一見俗な中に漂う悲哀。「あばら家」の風雨をしのげる屋根と、命をつなぐに十分な「食ふもの」があれば十分ではないか。だがそれすら持ち得ない現実もある。幸福な寝正月は遠く。

今週学んだ季語を使って一句！

一言アドバイス

一音程度の字余り字足らずは気にせず、とにかく一句！

1/15 特選

双六《すごろく》

双六や一等賞のつまらなき

清水三雲

人事

正月の室内遊戯で、賽《さい》子《ころ》を振って進めて遊ぶ。

一等賞を目指して、見事上がってはみたものの、どうにも手持ち無沙汰である。他の面子は賽の目一つに一喜一憂叫び声なんかもあげちゃって。嗚呼、双六の皮肉な真実。

1/16 特選

初雀《はつすずめ》

初雀空に折り目をつけるやう

ギル

動物

元旦の雀。雀も新年のものとして賞した。

心も新たに新年を迎える。見上げる元旦の空の青を、初雀がすっと過ぎて行く。茶と白の斑模様が幾匹か飛ぶ姿は、空色の折り紙に折り目が刻まれるようで……。

1/17

初硯《はつすずり》

人事

新年初めて字を書くために硯を使うこと。

ましろなる筆の命毛初硯

富安風生

「ましろなる筆」は造形美しく、力強い佇まいで手に収まっている。書き初めとなる今日、初硯に湛えられた墨も黒々と美しく、真っ白な筆の浸されるのを待っている。

1/18

裏白《うらじろ》

植物

歯朶のこと。注連縄などの新年の飾りに使う。

特選

裏白の一夜のうちに縮れけり

鈴木由紀子

正月飾りに用意した裏白。鮮やかな緑が気に入っていたが、一夜明ければ縮れて、葉の裏のねじくれた白が表を向いているではないか。名は体を表す、正月のなにげない一幕。

1/19

寒暁《かんぎょう》

寒の暁ツィーンツィーンと子の寝息

中村草田男

時候

冬において、最も冷え込む明け方から朝。

「ツィーンツィーン」のオノマトペが見事だ。ひとしお冷え込む寒の暁。傍らの子の寝息を確かめる視線に、草田男の親としての情愛がある。寒暁に感じる体温もまた愛おしい。

1/20

雪礫《ゆきつぶて》

靴紐を結ぶ間も来る雪つぶて

中村汀女

人事

雪合戦などで、雪を握り固めて丸くしたもの。

雪合戦はいざやってみると野蛮で容赦がない遊びだ。まず休めない。「タンマ」も効かない。靴紐が解けでもしたら格好の的だ。ざんざんと被る雪つぶてが身にこびりつく。それが楽しい。

1/21

初鶏《はつとり》

動物

元旦の暁に鳴く鶏。神秘性があり清々しい。

特選

初鶏の鳴いて火輪を産み落とす

鈴木麗門

大いなる火の輪である太陽。初鶏の一声が年の新たな太陽を産み落とすという発想のダイナミズムに惹かれる。虚の世界に「産み落と」される、生命みなぎる太陽。

今週学んだ季語を使って一句！

一言アドバイス

五音のフレーズを三つ探そう！

1/22

特選

冬の梅《ふゆのうめ》

冬の梅気の利きすぎる子と云はれ

藤色葉菜

植物

早梅とも。春にならないうちに咲く梅。

褒めているのか、貶《けな》しているのか。「気の利きすぎる子」はその言葉の意図すら探り当ててしまうだろう。心にわだかまりを抱えたまま、早咲きの冬の梅はさみしくふっくらと匂う。

1/23

特選

福引《ふくびき》

福引の二等に母の名を見つけ

季凜

人事

金銭や商品などが当たるくじ引きのこと。

まさか、と二度見る三度見る。二等獲得に堂々と母の名があるではないか。何も聞いてないぞ、まさか賞品独り占めするつもりなのか!?　人を振り回してこその「福引」よ、呵々。

1/24

氷柱《つらら》

特選

蛇口から氷柱婚活志す　きるやんめるっき

地理

軒や木の枝から垂れ下がる水滴が凍ったもの。

目を瞑ってきたが、ついに婚活を志すべき時だ。ある寒い朝の決意。蛇口には立派な氷柱ができている。こんな日々の発見を共に楽しめる人がいいな。志と憧れが氷柱のように澄む。

1/25

滝凍る《たきこおる》

氷りたる滝ひつ提げて山そそる　松本たかし

地理

厳しい寒さで凍りついた滝のこと。

夏の滝と冬の凍滝は表情が違う。夏の滝が山に抱かれるように轟くのに対し、凍滝は凝然《ぎょうぜん》とそそり立つ。その凍滝を「ひっ提げて」、冬山もまた慄然とした厳しい美を示す。

1/26

水仙《すいせん》

植物

雪中花とも呼ばれ、香り高く清楚な花。

特選

水仙に日のかたむきて仮設跡

誉茂子

映像の作り方が上手い。冬も終わりに近づく、弱い日の傾きを浴びる水仙。仮設住宅が除けられた地面はしっとりと濡れている。寂しさの中の希望のように、水仙は身を揺らす。

1/27

鶴《つる》

動物

渡り鳥。気品ある姿で、古来瑞鳥とされてきた。

鶴は鳴く雲の炎に身を絞り

富沢赤黄男

「雲の炎」とはなんだろうか。夕刻の燃えるような雲か。鶴はその雲をみて何を思うのか。遠く渡った土地に大切なものを残してでもいるのか。細い身から絞り出される声が遠く響く。

1/28

竈猫《かまどねこ》

動物

暖を取るために竈にもぐりこんでいる猫。

特選

頭かと思へば尻や竈猫　可笑式

竈の形に収まって、どこが頭かもよくわからない。くるんと丸まる頭を撫でようとしたら、実は尻。嫌そうな顔で起きる猫に少々申し訳なくもなる。飄々とした俳諧味の一句。

今週学んだ季語を使って一句！

一言アドバイス

七音のフレーズを三つ探そう！

1/29

極寒《ごっかん》

時候

大寒から二月まで続く最も厳しい寒さの頃。

特選

極寒の鳥を起こさぬやう森は　直

命が凍りつくような寒さの極みの中で、鳥はじっと眠りについている。白く煙る夜の森を瞑目《めいもく》し、命を繋ぐ。無数の命を抱きかかえて、森は彼らを起こさぬようにざわめく。

1/30

虎落笛《もがりぶえ》

天文

寒風が棚や電線に当たり鳴る笛のような音。

大寺や奈辺音声虎落笛　松根東洋城

なんと見事な大寺であろうか。何処《どこ》からか読経の音声《おんじょう》が聞こえてくるが、あまりの広さにその出所もわからない。広大な寺を風が吹き渡り、虎落笛の蕭条《しょうじょう》たる響きが唱和する。

1/31

雪見《ゆきみ》

人事

雪景色を眺めて愛でること。宴を催すことも。

ころぶ人を笑うてころぶ雪見かな

加賀千代女

仲間と雪見へと繰り出した。慣れない雪に誰かが転ぶと、どっと笑い声が上がる。そんな自分もうっかり転んで、みんなと笑い合う……。「ころぶ」の繰り返しが明るいリズムを生んで。

今月、一番気に入った季語を使ってもう一句！

一言アドバイス

「俳句のタネ」に似合った「五音の季語」を探してみよう。

二月の季語

2/1

悴《かじか》む

人事

寒さのため、手足の感覚を失うこと。

かじかみし手をあげてゐるわかれかな

吉岡禅寺洞

大きく手を振っているのではない。別れゆく人へ、悴んだ手をただあげているだけだ。寒い冬の日の、静かな別れ。それだけに、かえって思いは深く心に沈んでゆくのだろう。

2/2

鰯の頭挿す《いわしのかしらさす》

人事

鰯の頭を柊の枝に刺し、邪気を払う。

闇の門光る鰯のかしらかな

丁水

夜闇に門が黒々とそびえている。弱々しい月の光になにかが光る。鰯のかしらだ。薄青く乾く魚の皮膚。白く濁った眼球。刺々しい柊の葉。恐ろしいような、美しいような。

2/3

豆撒《まめまき》

人事

「鬼は外、福は内」と唱えながら豆を撒く。

豆撒やかりそめに住むひとの家

石田波郷

波郷自身にも仮住まいの経験があったようだ。明るい豆撒の声を聞きながら、その胸中に去来する思いとは……。結婚前と、妻子を伴う仮住まいとでは、その心情も変わってこよう。

2/4

鱵《さより》

動物

ほっそりとした魚で、竹魚、細魚、針魚とも。

ちりやすくあつまりやすく鱵らは

篠原梵

平易でありながら見事に鱵の特徴を捉えた一物仕立て。謎かけのように繰り返される「〜く」の韻。下五で正体が明らかになる瞬間、目の前を魚影が閃《ひらめ》くような心地よさを覚える。

2/5

二月《にがつ》

時候

立春の月。早春、春浅しに相当する頃。

特選

二月来るおはらい町の招き猫

山城道霞

伊勢神宮内宮の前で栄える「おはらい町」。固有名詞が愉快だ。春まだ浅い二月。なんとも儲かってなささそうな気配がある。「はらい」と「招き」の相反も苦笑いしつつ愛す。

2/6

草青む《くさあおむ》

植物

芽が次第に色を深め鮮やかな青さになる。

昼休みみじかくて草青みたり

黒田杏子

労働の時間のなんと長く、昼休みのなんと短いことか。野外に昼食をとりに出る。公園の草は早春に青みはじめている。小さな時間が積み重なり、季節は次へと進んでいく。

2/7

鷽《うそ》

動物

雀より少し大きく、口笛を吹くように鳴く。

鷽鳴くや八角堂の朝ぼらけ

松木淡々

口笛のような鷽の声。その声に吹き去られるように、ほのぼのと夜が明ける。泰然と佇む八角堂。寺院では朝の勤めが始まっている。鷽は鳴き交わし、ちょこちょこと足を動かす。

今週学んだ季語を使って一句！

一言アドバイス

これまでに出てきた名句のうち、好きな句を書き出してみよう。

2/8

春野《はるの》

特選

廃れたるラブホの二階より春野

地理

草木芽吹き、日々緑をなし花々を咲かせる野。

吉野川

わざわざこんな場所から「春野」を眺めるか！ というおかしみ。利用者か、それとも清掃に入った業者か。開け放った窓から萌える野を眺める視線が老成した者のそれ。

2/9

柳鮠《やなぎはえ》

もやひすて沈める舟や柳鮠

動物

柳の葉のように細長い小魚の総称。

寒川鼠骨

柳葉のような魚影が水面をちらつく。岸辺から一本の舫《もやい》が舟を繋ぎ止めている。もう用を終えた舟だ。綱を外す。舟底に放る舫ごと舟は朽ちるだろう。水底で魚の塒《ねぐら》ともなろう。

2/10

木の芽和《きのめあえ》

人事

山椒の若芽を使った料理。酒の肴に好まれる。

特選

木の芽和苦し社宅の婦人会

神戸めぐみ

夫の赴任と共に移ってきたこの社宅。半強制的に入った婦人会の集まりは息苦しい。文化、教養、社会参画……。慣れない木の芽和の苦みをかみ潰して、愛想笑いを浮かべる他ない。

2/11 祝

鳥の巣《とりのす》

動物

鳥の種類により、巣の形、材料などさまざま。

鳥の巣や嘴並べ居る月の中

高桑闌更

覗き見る鳥の巣の内側。多くの鳥は夜は目がよく見えない。塒である鳥の巣に身を押し込んでまんじりと過ごすいくつもの嘴《くちばし》。月光に艶々と浮かび上がる嘴の質感と、膨らむ羽毛と。

2/12

特選

満作《まんさく》

植物

葉に先立ち咲く黄色の花。野趣あふれる。

満作やみづ湧かづして國冨まづ

まんぷく

豊かな水なくして文明は生まれなかった。水の豊かな國。人々の富み幸福に暮らす國。水は巡り、春に満作は黄金の紐のような花を咲かせる。力強く自らを戒める言い切りが頼もしい。

2/13

特選

春の夜《はるのよ》

時候

春の夜はあたたかい。朧にかすみ花も匂う。

春の夜や音叉に寄せる耳清ら

あずお

柔らかな春の夜だ。調律に打つ音叉の澄んだ音色。正しい音を掴み取らんと耳を寄せる。その耳のなんと清らかで真摯であることか。音の粒が春の夜の水気を泳ぐように殷々《いんいん》と遊ぶ。

2/14

飯蛸《いいだこ》

動物

体内に卵を抱えているのを飯粒にたとえた。

飯蛸の一かたまりや皿の藍

夏目漱石

茹で上がった飯蛸が皿に盛られている。花のように足を捲れ返して積み重なる飯蛸の一かたまり。端には盛った皿の藍の色が見える。今にもその藍にこぼれ落ちそうな飯蛸の豊かなことよ。

今週学んだ季語を使って一句！

発想のヒント

窓の外から見える車を数えよう！

2/15

涅槃《ねはん》

人事

釈迦の入滅。この日、法要が行われる。

人の音ありて飯食う涅槃かな

長谷川零余子

人は様々な音をたてる。飯を食うこと。息をすること。心臓の鼓動一つにも音がある。立ち居振る舞い全てにある音。人の存在を知覚し、生きるための飯を食う。釈迦入滅のその日に。

2/16

魞挿す《えりさす》

人事

魚をとるために垣網や竹簀を挿すこと。

打よする連銭波や魞を挿す

西山泊雲

位置を見定めて魞をぐっと水底へ挿す。浸す網へと波が穏やかに打ち寄せる。銭のような波が一かたまり、一かたまりと連なって寄せる。魚を迎えんと魞はその身を広げ始める。

2/17

受験《じゅけん》

人事

高校、大学、私立の小中学校などで行われる。

受験児童に学林の旗はばたける

内田慕情

学林とは学問をする所。学校や塾などの前に立つ旗が、これから受験する児童たちを励ますように、大きくはばたいている。春風に向かい、緊張と期待に心が奮い立つ児童たち。

2/18

春火鉢《はるひばち》

人事

春寒のときに手を焙るために残されていた。

春火鉢手相読ませし手をかざす

中村汀女

手がひえびえとこわばっている。春の寒さに晒していた手をさっそく春火鉢で焙る。手相見に見せていた手だ。刻まれた線から吉凶がわかるというが、さて。もみ消すように手を擦る。

2/19

鴉の巣《からすのす》

動物

高い樹の上に、鴉《からす》が作った大きな椀形の巣。

巣鴉をゆさぶってをる樵夫かな

大須賀乙字

鴉は樹上に巣をこしらえる。また一本新たな枝を拾い、巣へと戻る。その樹を樵夫《きこり》が打つ。斧ががつんと幹に食い込む。ざわめく樹上で鴉は戦慄《わなな》いて翼を広げているだろうか。

2/20

春の霙《はるのみぞれ》

天文

雨と雪が混ざって降る。どこか春の明るさも。

特選

春霙なかに少しのかたいつぶ

迫久鯨

季語を生身で体験した誠実な一物仕立て。身を打つ霙がくしゃりと崩れる。ほんの小さなかたいつぶを核に抱えた春霙。そのつぶもすぐに解けて失われる。明るい水の輝きだけが残る。

2/21

合オーバー《あいおーばー》

人事

初春から仲春に着る薄手のコート。春外套。

鬱然と父匂ひけり合オーバー

大石悦子

元々明るい父ではないのだろう。気難しく塞いだ背を合オーバーに包んでいると、陰鬱とした気配が匂いにまで変換されて届いてくるようだ。重い外套《がいとう》でないところに救われる。

今週学んだ季語を使って一句！

発想のヒント

思いっきり鼻から外気を吸ってみよう！

2/22

特選

はこべ

はこべらを喰みて金絲雀るるるるる

ウィヤイ未樹

植物

春の七草。五弁の白い小花をつけ自生する。

はこべらには様々な用途がある。食用に、薬に、時には小鳥の餌にもなる。白い小さな花弁を黄金色の金絲雀《カナリア》が喰べる。鈴のような声は一層明るくころころと転がり出る。

2/23

祝

特選

春昼《しゅんちゅう》

春昼の麒麟の首の置きどころ

愛燦燦

時候

のどかで明るい気が漂う。気怠くもある。

麒麟の首はどんな状態が一番麒麟にとって心地良いのだろう。随分長くて重そうじゃないか。どこか置く場所でもあればいいのに。春昼の気怠い明るさを麒麟の巨躯《きょく》は行ったり来たり。

2/24

蒲公英《たんぽぽ》

特選

たんぽぽは多分寂しいから多産　花紋

植物

至るところに自生。花の形から鼓草とも。

たんぽぽは綿毛を飛ばしていくらでも増える。きっと彼らは寂しいから増えるのだ。満たされない孤独の増殖が滑稽でもあり恐ろしくもある。繰り返される「た」の韻も印象的。

2/25

茂吉忌《もきちき》

音立てゝ日輪燃ゆる茂吉の忌　相馬遷子

人事

歌人・斎藤茂吉の忌日。医者でもあった。

斎藤茂吉は歌人にして精神科医。その人柄とエピソードは強烈にして愉快だ。遠く宇宙で激しい焔《ほのお》を放つ日輪と、茂吉の生涯とが取り合わせによって詩的スパークを引き起こす。

2/26

麦青む《むぎあおむ》

特選

こぐま社やひつじ書房や麦青む

ゆりかもめ

植物

若葉がすくすくと育ち穂になるまでの麦。

「こぐま社」は絵本出版社。「ひつじ書房」は学術出版社。似て非なる固有名詞二つを繋ぐ「麦青む」の気持ちよさ。心よ育て、頭よ育て。美しい国の未来が今日もすくすく育っている。

2/27

絵踏《えぶみ》

海の日の爛《らん》旰《かん》として絵踏かな

山口青邨

人事

キリスト絵を踏ませ信徒か否かを見極めた。

降り注ぐ陽光。かつて長崎では多くのキリシタンが絵踏を迫られた。この春の陽射し溢れる頃、ご先祖様は絵踏を果たしたのだろうか。海は陽の一切を受けて鮮やかな光を返している。

2/28

二月尽《にがつじん》

時候

二月が終わること。次第に寒さが緩んでくる。

瀬の岩へ踏んで銭鳴る二月尽

秋元不死男

浅瀬の岩へひょいと足を乗せる。はずみに懐の銭が触れ合って音をたてる。飛ぶように過ぎる二月も気づけば終わり。気忙しい足の踏む岩を、春に和らぐ水が潺《せん》潺《せん》と洗っている。

今月、一番気に入った季語を使ってもう一句！

発想のヒント

水曜日の予定を書きだしてみよう！

三月の季語

3/1

若布刈舟《めかりぶね》

人事

若布を刈る際に使用する舟のこと。

激流に棹一本の若布刈舟

山口誓子

沿岸に小舟を泊め、波間に海底を覗きながら、竹竿に鎌を付けた道具で若布を刈り獲ってゆく。激流に揺れる舟を竿一本で漕ぎ進む姿や、陽射しに輝く若布に感じる生き生きとした春。

3/2

暖《あたたか》か

時候

陽気がよく温暖なこと。「ぬくし」ともいう。

特選

星死ぬと知るあたたかき日の図鑑

古瀬まさあき

星も寿命が尽きて死ぬことを知った。一つ一つ星のことを知ってゆく、今日は暖かい日。星座と星の名や、その由来の神話の載った重くて分厚い星座図鑑をめくる時、その頁も手に暖かい。

3/3

古雛《ふるびな》

古ひなや時計打ち出す真の闇

石橋秀野

人事

古い雛人形のこと。雛祭りに飾る。

3/4

出代《でがわり》

モスリンに若さを包み出代りぬ

右城暮石

人事

雇い期限を終えた奉公人が入れ替ること。

古いお雛様を飾っている雛壇の雪洞も部屋の電気も消え、雛の間に夜が訪れている。時計が真夜中の十二時を打ち出す時こそ、雛たちの顔《かんばせ》に古からの真の闇が訪れる。

モスリンはメリンス、唐縮緬《とうちりめん》とも呼ばれる薄手の毛織物。普段着を堅く着付けて奉公していた娘が、勤めを終えて心も軽く帰郷する。新調したモスリンに若さを包んで。

3/5

春雷《しゅんらい》

天文

春に鳴る雷をいう。夏の雷の烈しさはない。

特選

春雷や人魚の肉は酸いらしい　仁和田永

柔らかな春雷の音を聞いた後の、人魚の肉は酸いらしい、という妖しい呟き。伝説の人魚の肉に「酸い」という味覚情報を付与するだけでリアルに一歩近づく。ましてや春雷の中ならば。

3/6

北窓開《きたまどひら》く

人事

塞いでいた窓からの春景色と春風を楽しむ。

特選

花のない花瓶北窓開きけり　うみの岩隠子

冬の間固く閉ざした薄暗い窓辺に花も飾らず、花瓶の存在さえ忘れて過ごしていた。北窓を開けて見ると、明るい光と風の中に花瓶があり、花がないことが物足りなく感じられる。

3/7

椿《つばき》

植物

種類多彩。落花の時は花全体が落ちる。

特選

北限の椿や波の音のなか　朋女

林野庁によれば、ヤブツバキの北限は青森県、ユキツバキの北限は秋田県だという。早春といえどもなお寒さ厳しい北の地の、岩に砕けて響く波音の中に咲く椿、これが北限の椿なのだ。

今週学んだ季語を使って一句！

発想のヒント

友達から本を借りてみよう！

3/8

地虫出《じむしいづ》づ

動物

昆虫が冬籠もりをしていた穴から出る。

鮮しき馬場の土より地虫出づ

朗善千津

冬の間、厩《うまや》で飼っていた馬を、春になって馬場に出す時、新鮮な土を入れる。土中に眠っていた地虫も顔を出してきた。厩出しを喜ぶ馬たちや、土まみれで躍る虫たちに見つけた春の喜び。

3/9

枸杞飯《くこめし》

人事

枸杞の新芽を摘み取りご飯に炊き込んだもの。

特選

枸杞飯や位牌瑞々しき夕べ

堀口房水

枸杞の柔らかな新芽を指で摘み、塩を加えて蒸らし、刻んでご飯に混ぜる。位牌の前に供えると、瑞々しい香と、美しい緑が仏壇の中を明るく照らすようだ。春の恵みに合掌する夕べ。

3/10

蟻出《ありいづ》づ

動物

冬に姿を隠していた蟻が、春になって現れる。

蟻出るやごうごうと鳴る穴の中

村上鬼城

日差は春めき、蟻も穴を出てきた。穴の中でごうごうと鳴っているのは現実の音というよりは、作者の心の耳が捉えた音だろう。蟻の命の躍動と同時に、生き抜く厳しさも孕んでいる音。

3/11

胡蝶《こちょう》

動物

蝶のこと。春は小型の可憐な蝶が多い。

傾城の傘の上行く胡蝶かな

堀麦水

国を傾けさせるほどの絶世の美女が傘をさしていく。その傘の上には、美女を恋い慕うように胡蝶が纏わり飛ぶ。お供に傘を持たせて練り歩く、優雅な花魁の行列もふと思わせる。

3/12

特選

茅花《つばな》

茅花みな風のかたちにやさぐれて

もりさわ

植物

白茅《ちがや》の花穂《かすい》のこと。槍のような鞘に包まれる。

白色に輝く若穂を抜いて、子供達が噛んだり、振って遊んだりする。白く毛羽立ってきた穂は、風のかたちのままに、右に左に揺さぶられ、投げやりになっているかのように見える。

3/13

特選

磯巾着《いそぎんちゃく》

ふれあいコーナーいそぎんちゃくはきゅうけいちゅう

伏姫

動物

浅海の岩礁に着生する腔腸動物の総称。

磯に棲む生き物に手で触れて観察できるふれあいコーナーの一場面。ゆらゆらと触手を振り、小魚や小海老を捉えて見せてくれた磯巾着。今は休憩中か、触手も閉じて休んでいる。

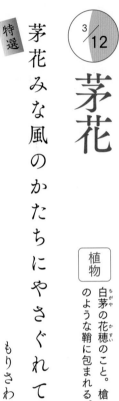

三月

3/14

淡雪《あわゆき》

天文

気温が上がっているため、溶けやすい雪。

淡雪やかりそめにさす女傘

日野草城

今日限りの間に合わせに借りた女物の傘をさして、春の淡雪の中を歩く。傘についた雪は降るそばから消えてしまう。傘もかりそめなら、雪もかりそめ。かりそめの物の淡さ、軽やかさ。

今週学んだ季語を使って一句！

発想のヒント

もし、空を飛べたらどこに行く？

3/15

涅槃像《ねはんぞう》

特選

我はあの栗鼠になりたし涅槃像

人事

釈迦入滅の姿を描いた絵や彫刻。寝釈迦。

楜澤美香

釈迦入滅の情景を描いた涅槃図。横臥《おうが》する釈迦を取り囲み、嘆き悲しむのは人間ばかりでない。象や虎など多くの鳥獣が描かれる中で、あの小さな栗鼠《りす》のような存在でありたいと思う。

3/16

接木《つぎき》

主も犬も土に同坐や接木畑

人事

芽の出た枝を切って、他の木に接着させる。

相島虚吼

花や果樹や野菜など、改良や結実をよくするために行われる接木。接木の作業を終え、一息ついた主人と犬が、土の上に同じように座って畑を眺める。これからの畑の実りを期待しながら。

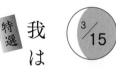

3/17

挿木《さしき》

さし木すや八百万神見そなはす

人事

枝を切り取り、赤土などの挿床に挿す。

前田普羅

花木や草花などを殖やすために行う挿し木。この小さな枝や茎より根が出て土に伸び、さぞすくすくと育っていくでしょう、八百万《やおよろず》の神々がお見守りくださっていますから。

3/18

朝寝《あさね》

朝寝して犬に鳴かるる幾たびも

人事

朝、寝心地の良さに寝床から離れられない。

臼田亜浪

寝心地のいい春は、いつまでも眠たくて起きられない。働きに出る人々が往来し、自転車や車も通っていく。音が聞こえる度、番犬は律儀に鳴く。幾度も鳴かれながらなお朝寝している。

3/19

特選

蛙《かわず》

張りのある声の割には痩せ蛙

動物

芭蕉句でお馴染み。交尾期によく鳴く。

田村利平

張りのある声で鳴いている蛙がいる。声の大きさだけではない、美しく力強い声だ。胸を膨らませ朗々と歌っている蛙を想像しつつ庭に出て見ると、その声の割には痩せた蛙であった。

3/20

特選

卒業歌《そつぎょうか》

卒業歌明日から雲を視る仕事

人事

卒業式に歌われる歌のこと。

天野姫城

「雲を視る仕事」とはなんだろう。気象予報士だけではない。船員も、漁師も、海女も、農家も、カメラマンも、雲を視る仕事だ。心を込めて歌う卒業歌が明日の空へ向かって響いていく。

3/21 祝

雪崩《なだれ》

地理

春先に積雪が山腹を崩れ落ちる現象。

雪崩るゝや御堂にとはの寝釈迦ます

麻田椎花

堅く積もっていた雪が陽射しにゆるび、遠近《おちこち》の山々に雪崩が起きる春。仏像を安置した御堂には、入滅のお姿を形どった寝釈迦がいらっしゃる。雪崩の音にも永遠に目覚めることなく。

今週学んだ季語を使って一句！

発想のヒント

お弁当のおかずで好きなものは？

3/22

陽炎《かげろう》

特選

陽炎や列なすＨＩＮＯの４ｔ車

ひでやん

天文

よく晴れた日に景色がゆらいで見える現象。

「ＨＩＮＯの４ｔ」といえば、トラックの代名詞ともいえる日野レンジャー。威風堂々と列をなして出動してゆく日野自動車の四トントラックが、たゆたう陽炎に吸い込まれていく。

3/23

山笑う《やまわらう》

故郷やどちらを見ても山笑う

正岡子規

地理

春の山の木々が明るく芽吹き始めた様子。

生まれ育った風景とともにある故郷《ふるさと》。正岡子規の故郷は愛媛県松山市。松山城の聳《そび》え立つ山、周囲の山、そして遠景の石鎚山、どちらを見ても懐かしい山が親しげに笑っている。

3/24

特選

春園《しゅんえん》

地理

春の花々が咲き誇る庭園や公園のこと。

春園のアコーディオンは巴里の歌

田島閑

巴里《パリ》の町中の公園のベンチに座り、木蓮やミモザや八重桜など春の花々に囲まれて、アコーディオン弾きの奏でるシャンソンを聴いている。アコーディオンはやはり巴里の歌だ。

3/25

特選

熊蜂《くまばち》

動物

身体は黒色で、胸部は黄色の毛で覆われる蜂。

熊蜂の肥えて花穂はぐにやりぐにやり

夏埜さゆり女

花穂とは、稲穂のように、長い花軸に群がってつく花のこと。そこによく肥えた黒い腹を持つ熊蜂が掴まっている。「ぐにゃりぐにやり」と揺れる花のなんとも頼りないこと……。

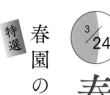

3/26

霾《つちふる》

天文

中国の黄砂が春風で運ばれ日本に降ること。

霾や＊《アステリスク》に続く文字

加根兼光

「＊」は記述符号の一つ。注、参照、疑義などを示す印、と辞書にある。本文の脚注などに付く＊に続く細かい文字を読みながら、黄砂によって生じる視界の濃淡を感じている心象風景。

3/27

遅日《ちじつ》

時候

春の日暮れが遅くなった感じをいう。

遅日この画廊に時を告ぐるものなし

山口誓子

日の短い冬には慌ただしく感じる一日が、日暮れが遅くなると共にゆったりとした気分になる。時計などの時間を告げる物がない画廊にあって、ますます時が止まったような静けさを感じる。

3/28

麗か《うららか》

時候

春の日が美しく輝き、万物が明るく柔らかい。

特選

うららかや山羊の眸子は長方形

山根祐子

山羊の眸子《ぼうし》、つまり眼の瞳孔の部分は、横長の長方形である。動物園などで山羊を眺めていると、長方形の眸子がまるで麗らかな陽射しに心地よく細められているかのように見える。

今週学んだ季語を使って一句！

発想のヒント

家族の書いた文字はどんなかたち？

3/29

春の闇《はるのやみ》

をみなとはかゝるものかも春の闇

日野草城

天文

ほのかな明るさを含んだ闇。神秘的。

女とはこんなものかも……とは。朧《おぼろ》な闇の中で、男は女の何を発見したのだろう。「春の闇」という神秘的な季語が、なんとも艶めかしく、女性の匂やかな柔肌まで見えてくるようで。

3/30

朝顔蒔く《あさがおまく》

世にあれば蕣もまくばかりなり

小林一茶

人事

朝顔の種を蒔くこと。草花の種蒔くころ。

手にしているのは朝顔の種。世の中に生きていて、朝顔を蒔くくらいなことしかできない私であるよ、という一茶の自嘲か。それでも、蒔かれた朝顔は美しく花をつける。

3/31

枝垂桜《しだれざくら》

植物

垂れ下がった枝に薄紅色の花をつける。

特選

この星の枝垂桜を引く力
井納蒼求

地球という星にあるものは全て、引力故に、地上にとどまっているのだが……。枝垂桜の枝が緩く垂れかかっているのは、地球から何らかの引く力が加わったためだとする詩的断定の面白さ。

今月、一番気に入った季語を使ってもう一句！

発想のヒント

今年の桜で一句！

一月〜三月のまとめ

この3ヶ月間で、俳句は何句できましたか？　楽しみながら、実作していますか？　このページにこれまで作ってきた句を、一句一句丁寧に清書してみましょう。そして、自分がうまく詠めたと思った句に○印を付けて、投句の準備を進めていきましょう。

投句の締め切りは、２０２２年8月15日(月)必着です！

四月の季語

4/1

果樹植う《かじゅうう》

人事

果樹の苗木の移植を三月から四月頃に行う。

ポポーの樹植うこの下に犬眠る

大石悦子

ポポーはあけびがきとも呼ばれる北アメリカ産の果樹で、バナナとマンゴーなどをミックスしたような味の果実が実る。愛犬の眠る墓には、甘い実のなるポポーの樹を植えよう。

4/2

花盗人《はなぬすびと》

人事

花見に行って、こっそり花を折ってくる人。

問ひたきは花盗人のこゝろかな

井上士朗

古い和歌にも詠まれ、花盗人は風流ゆえに罪に問われない、などと聞くが……。我が家の桜を手折った盗人には、いかなる事情があり、どんな心持ちだったのかを問うてみたいものだ。

4/3

特選

花曇《はなぐもり》

天文

桜が咲くころの曇り空のこと。

みづうみをちちいろにして花曇

佐藤香珠

桜が咲き満ちて、薄曇りの日。湖岸に続く桜並木と、空を覆う雲。すべてがぼうっと、ほのあたたかく潤み、桜の花びらと同じ色に溶け合い、湖は乳色に凪ぐ。

4/4

特選

花《はな》

植物

俳句で花と言えば桜。雪、月と並ぶ重要季語。

瞬きのできぬほど花迫りくる

はるく

満開の桜の園に足を踏み入れると、どちらを向いても、桜、桜、桜と、四方から迫ってくるようで、瞬きもできないほどになる。ただただ花の美しい迫力に魅せられて……。

4/5

花守《はなもり》

一里はみな花守りの子孫かや

松尾芭蕉

人事

桜の花の番人。桜の管理、手入れをする人。

花盛りの小さな山里。里中が桜であふれ、見事に満開。まさに圧巻。この里人達は皆、花守を代々受け継いできた子孫たちなのではないか、と思うほどにこの上もない美しさだ。

4/6

初蝶《はつちょう》

特選

胸濡らす銀の蛇口へ初蝶来

大西どもは

動物

その年の春に初めて見る蝶。小型の蝶が多い。

公園などの水飲み場でごくごくと水を飲んでいる。蛇口から勢いよく迸《ほとばし》り出る水が、唇をこぼれて胸を濡らす。蛇口にうごく影が映り、はっと身を起こす。今年初めての蝶だ。

4/7

落し角《おとしづの》

動物

牡鹿の角が、生え替わりのために落ちること。

落角や木の間に禰宜の立姿

長谷川零余子

奈良の鹿は神の使いとされ、崇拝の対象ともなった。その鹿の角が落ちている。生え替わりで落ちた古い角だ。装束に身を包んだ禰宜《ねぎ》が木の間に見える。古都の風合いとはこれか。

今週学んだ季語を使って一句！

発想のヒント

花びらをじっくり触ってみよう！

4/8

チューリップ

植物

親しまれる花の一つ。
色や形はさまざま。

ぽかりと真ッ黄ぽかりと真ッ赤チューリップ

松本たかし

一面のチューリップ畑。こちらは「真ッ黄」に、あちらでは「真ッ赤」に、一つ一つの花が色鮮やかに存在感をもって咲いている。「ぽかり」のリフレインも、可愛らしく楽しい。

4/9

春暑《はるあつ》し

時候

春も終わりになると、
汗ばむほど暑くなる。

春暑し影むらさきに野の女

佐藤惣之助

うっすら汗ばむほどの陽気。晩春の野は生命力にあふれていながら、同時にどこか気怠い甘さを漂わせてもいる。女の影を「むらさき」だと感じた心持ちに、その微妙な陰影がうかがえて。

4/10

花見《はなみ》

特選

本当に花を見てゐる花見かな

はれまふよう

人事

桜を見に出かけ遊び楽しむ。宴を催すことも。

花見といいながら、朝から場所取りをし、花見弁当や酒に興じる姿は、まるで宴の方に目的があるかのよう。今日は、桜の花を愛でるためだけに時を過ごす花見であるよ。

4/11

炉塞《ろふさぎ》

炉塞や坐って見たり寝て見たり

藤野古白

人事

暖かくなり、炉蓋をしたり畳を入れたりする。

冬の間使っていた囲炉裏に、畳を入れて塞ぐ。見違えるようにさっぱりとして、入れた畳の上に坐ってみたり寝てみたり……。暖かい春の到来を喜ぶ気持ちが素直な一句に。

4/12

春《はる》

特選

瀬に添うて上る下るも春のなか

西川由野

時候

立春から立夏前日まで。万物が動く時節。

川の流れに沿ってそぞろ歩きをしている。すれ違う人々も、風も、水も、草花も、全てが生き生きとしている。動き始めた春を感じながら、上ったり、下ったりしている。

4/13

啄木忌《たくぼくき》

会えばまた諍い別る啄木忌

鈴木六林男

人事

石川啄木の忌日。二十七歳という若さで病没。

夫婦だろうか、親子だろうか。会えば必ず諍いになり、どんなにかき口説いても、互いに相容れず、また別れる。今日は啄木忌と思うと、悲しい歌が心に浮かび、口を衝いて出る。

4/14

揚雲雀《あげひばり》

動物

空高く舞い上がって鳴いている雲雀のこと。

特選

揚雲雀ひかりこぼるる音かしら

うさぎまんじゅう

草原や麦畑に、春の陽射しが満ち溢れている。草むらから突然舞い上がる雲雀の、ぐんぐん空へ揚がりつつ囀る金の声。何と言い表せばいいかしら、光がこぼれる音かしら。

今週学んだ季語を使って一句！

発想のヒント

旬の食べ物の匂いをかごう！

4/15

菜の花《なのはな》

植物

古くから親しまれ、淡い郷愁を誘う花。

特選

葬送の帰りははずっと菜の花

村田真由美

道端に並んで出棺を見送った人だろうか。葬儀に参列した帰り道だろうか。悲しみに俯いて歩く道沿いに咲いている菜の花。明るい黄色い花がずっと寄り添ってくれているかのように。

4/16

霜くすべ《しもくすべ》

人事

桑の葉の茎が伸びる頃に、霜がふること。

霜燻べ河港はひたにしづまりて

飯田蛇笏

養蚕の家々では、桑畑に青柴籾《もみ》殻《がら》などを焚き、煙でくすべ、霜の害から桑を守っている。山の端に、夜目にも白い煙のくすぶる夜、河口の港辺りの海はひたすら黒く静まり返っている。

4/17

お玉杓子《おたまじゃくし》

動物

蛙の幼生。杓子に似ていることからの名。

友を食むおたまじゃくしの腮かな

島村元

おたまじゃくしは、弱く傷ついたものから食べられていくという。ただ生きる本能だけで友を咀嚼《そしゃく》する腮《あぎと》をクローズアップ！人間の友情などの概念はそっちのけだ。

4/18

葱坊主《ねぎぼうず》

植物

葱の球状の花を坊主頭に見立てていう。

特選

葱坊主折れる怒りの右フック

無花果邪無

いきなり折れる葱坊主。何事かと思えば怒りの右フックだという。やり場のない怒りが目の前の葱坊主にさく裂する。がっくりと頭を垂れた葱坊主がゆらゆらと残る。

4/19

山吹《やまぶき》

山吹や葉に花に葉に花に葉に

炭太祇

植物

黄金色の五弁花。古来詩歌に詠まれてきた。

美しく咲いている山吹の花。黄色い花と同様に葉の緑も鮮やかだ。中七下五を、これでよい！と思い切れる作者魂に感服する。「葉に花に葉に花に葉に」のリズムが軽やか。

4/20

特選

蝶《ちょう》

レコードの傷よ全き蝶の翅

高橋無垢

動物

春は紋白蝶など小型の可憐な蝶が多い。

レコード盤には針の傷が付くものである。傷の部分をレコード針が通過するたび、ぷつぷつという傷音も何となく愛しい。飛んでいる蝶の羽根は全く無傷であり、完璧もまた美しい。

4/21

桃の花《もものはな》

植物

桜や梅より大ぶり。鄙びた美しさを愛される。

特選

われこそが桃太郎産む桃の花

花屋英利

桃の花が咲いている。一つ一つの花がその薄紅色を競い、われこそが桃太郎を産む桃の実をつける桃の花である、とても謳っているようだ。明るくぽっと誇らかに咲いている。

今週学んだ季語を使って一句！

発想のヒント

15分早く起きて窓を開けてみよう！

4/22

石鹸玉《しゃぼんだま》

人事

石鹸水等に管をさし、息を吹き泡を膨らます。

特選

石鹸玉には希望てふ毒さァ割れた

薄荷光

美しく日に輝き、青空を目指して飛んでいく石鹸玉。それはいかにも希望の光景だが、割れた瞬間にはじける原液のしぶきは、まるで毒のようにも思える。さァ、今、石鹸玉が割れたよ。

4/23

燕来る《つばめくる》

動物

春になって、燕が南方から渡って来ること。

特選

聖火より低く燕の来たりけり

有本仁政

長い距離を継がれていくオリンピックの聖火リレー。今年も渡ってきた燕が、聖火と一緒にやってきたかのように、掲げられた聖火を低く過ぎていった。「東京2020」の一句。

4/24

春深し《はるふかし》

時候

いよいよ春も終りに近くなる感がただよう。

春深く薄紅さしゝ小貝かな

武定巨口

波は柔らかく、風は心地よく、空には丸い雲が浮かぶ春の浜辺にて、ふと足元の小さな貝を拾いあげる。その薄紅の色に、手触りの滑らかさや、儚い薄さに、春の深まりを感じる。

4/25

紋白蝶《もんしろちょう》

動物

よく見られる蝶。翅は白色で黒紋がある。

特選

ダイエーが建つ畑なの紋白蝶

克巳@夜のサングラス

ショッピングビル予定地の畑にて出会った紋白蝶。この畑は、もうすぐダイエーになって野菜も菜の花もみななくなる畑なのよ。何も知らない紋白蝶はひらひらと飛ぶばかり。

4/26

虻《あぶ》

草枕虻を押へて寝覚めけり

八十村路通

動物

二枚の翅を持ち、蠅よりも体と眼が大きい。

草枕とは、草で編んだ枕の意味から、侘しい旅寝のことをいう。うるさく顔の周りを飛ぶ虻を押さえ、その拍子に目が覚めてしまった。いかにも旅の宿りらしい侘しい目覚めである。

4/27

暮の春《くれのはる》

還俗のあたま痒しや暮の春

高井几董

時候

春の終わり。夕方の気怠さも重なる。

還俗《げんぞく》とは、一度出家した僧が元の俗人に戻ること。髪を生やし始めた頭がチクチクとして痒いこと、痒いこと。春も終わりに近く、禿頭に感じる痒さが増すようだ。

4/28

雲丹《うに》

動物

円盤状または球形で海底の砂の中などに生息。

雲丹割くやおろかな日々の続きをり

角川源義

棘のついた固い殻をまとった雲丹。慎重に雲丹を割きながら、我が人生は、変わらぬ愚かな日々であるよ……とつくづく感じる。自嘲混じりに我が身を思いながら、ただ一心に割く。

今週学んだ季語を使って一句！

発想のヒント

今日は何ゴミの日？

四月

4/29 祝

独活《うど》

うどの香や詞少なのをとこ文字

大伴大江丸

植物

野性のものは香気が強い。料理に用いる。

天然の山独活の力強い緑の香、産毛のある無骨な手触り、アクのある素朴なほろ苦さ。言葉少なく書かれた男文字の漢文にも、同じような味わいがある。そう思いつつ、双方共に愛でる。

4/30

四月尽《しがつじん》

あまき音のチェロが壁越し四月尽

秋元不死男

時候

四月の最後の日。および四月の終わること。

甘いチェロの音が、壁越しに聞こえてくる。万物が暖かく気怠い四月が尽き、春も尽きた。低音の重く響くチェロの弦の音も、今はただ甘やかに漂ってくる風情である。

今月、一番気に入った季語を使ってもう一句！

発想のヒント

「イ」で始まる国を挙げてみよう！

「歳時記は季語のレシピです」

春の歳時記の〈人事〉の項を開くと、蕗味噌、木の芽和え、田楽などの料理名が並んでいます。主婦にお馴染みの料理もあれば、試したことのないレシピも。蕗の薹を摘んで（買って）来て、色や香りで一句。歳時記通りに料理して一句、味わってまた一句。何と豊かな春の食卓でしょう！

五月の季語

5/1 サイネリア

植物

キク科ペリカリス属の園芸品種。シネラリア。

特選

薬局のレシート長しサイネリア　栗庵

薬局では、ついあれこれと買い込んでしまう。買った自覚はあったものの、呆れるばかりのレシートの長さに我ながら驚く。明るく可愛らしいサイネリアの花鉢がふふと笑っているようだ。

5/2 春灯《しゅんとう》

人事

ほのぼのと優しく、時に妖艶な趣がある。

特選

春燈や駅のベンチに開くミュシャ　黒子

駅のベンチで開くミュシャとは、アルフォンス・ミュシャの図録か……。春の夜の駅舎の灯は暖かく柔らかく華やいでいる。優美なミュシャの画風にうってつけの春の色であるよ。

5/3 祝

どんたく

人事

五月三・四日に行われる祭り。博多どんたく。

どんたくの鼓の音ももどりたる

吉岡禅寺洞

博多松囃子と山車《だし》や踊り、鼓笛などの一大パレードからなる博多どんたく。五月三・四日の期間はどんたく一色で湧き返る。今年も博多の街にまたどんたくの鼓の音が戻ってきた。

5/4 祝

岩燕《いわつばめ》

動物

夏鳥として渡来し繁殖。燕より小さい。

噴火口に奇しと見る岩燕かな

河東碧梧桐

活火山の噴火口に岩燕が飛んで来た。岩燕は岸壁に巣を作るというが、こんな所にまで飛んでくるとは不思議なことだと眺める。火山を司る神にでも導かれてきたのだろうか。

5/5 祝

立夏《りっか》

夏立つや未明にのぼる魚見台

高田蝶衣

時候

二十四節気。暦の上ではこの日から夏になる。

夜明け前に目覚めて、魚見台に昇る。海鳥の動きや風向きを見張り、湾内に魚群が入れば叫び、旗を振って合図し、漁船や引き網の網子に知らせるのである。さあ、夏が始まる。

5/6

鯉幟《こいのぼり》

鯉幟黒き片目をして廻る

篠原梵

人事

端午の節句に立てる幟。鯉は出世魚。

幟竿《のぼりざお》の先には、矢車が風に鳴ってくるくると回っている。鯉のぼりは青空を泳ぐように身をくねらせながら、大きな黒目を見せて廻っている。必ず黒い片目をこちらに向けながら。

5/7

夏来る《なつくる・なつきたる》

時候

二十四節気立夏のこと。夏に入るとも。

特選

バスドラム締めのひと打ち夏来る　豆闌

青空の下、指揮杖を先頭に、太鼓、シンバル、ベルリラ、リコーダーなど揃いの制服の鼓笛隊が勇ましく進む。バスドラムが、締めのひと打ちをしてマーチが止まる。夏の始まりだ。

今週学んだ季語を使って一句！

発想のヒント

お気に入りの写真に写っている人で一句！

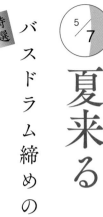

5/8

花桐《はなきり》

花桐や城址虚しき高さ保《も》つ

橋本多佳子

植物

枝先に紫色の唇形花を多数下向きに咲かせる。

かつて城が聳えていたという高台に立ち、過去の城の威容《いよう》を思うとき、この城跡の高ささえ何か虚しいものに感じられてきた。桐の花だけが高々と花盛りを極めている。

5/9

首夏《しゅか》

鳩の目の琥珀の朱く濁る首夏

家藤正人

時候

夏の「初め」という意味の「首」。初夏とも。

鳩の目の琥珀の部分に見つけた朱い濁りに焦点を当てた句。平和の象徴である鳩のイメージを裏切り、心象的なものを投影させる。これから暑く濁った夏が始まるか。

5/10

夏帽《なつぼう》

特選

夏帽のアルプス席へくははりぬ　にゃん

人事

夏にかぶる麦わらやパナマなどの帽子。

熱気溢れる球場のアルプススタンドは、既に夏帽の観客で満席。少し遅れて来て、その中の一席へ自らも夏帽の一人となって加わる。声援のうねりに巻き込まれてゆく興奮の一時。

5/11

薪能《たきぎのう》

特選

敦盛の太刀めらめらと薪能　播磨陽子

人事

夏、野外の能舞台にて篝火を焚いて行う能。

能「敦盛《あつもり》」では、一ノ谷の合戦で討たれた平敦盛の霊が、出家して敦盛の菩提を弔おうとした熊谷直実《くまがいなおざね》の前へ現れる。若く死した敦盛の妄執の心を象徴する太刀が薪の炎にめらめらと輝く。

5/12

特選

蟇《ひきがえる・ひき》

蟇唱えておくれ歎異抄

夢耽

動物

背にイボのある暗褐色の大形の蛙。

『歎異抄』は浄土真宗の聖典。鎌倉時代、親鸞《しんらん》の言葉を弟子の唯円《ゆいえん》が著したといわれる。蟇よ、お前は法語でも唱えそうな顔をしているな。ありがたい歎異抄でも唱えておくれよ。

5/13

五月《ごがつ》

水郷の水五月なり舟に牛

小杉余子

時候

新緑が美しく、行楽にふさわしい季節。

川が町の中を流れている水郷の風景。水が温んで勢いよく流れている川を、舟に牛を乗せて運んでいく。若葉が水に映え、五月の風も香っている。牛も心地よさげな顔をしている。

5/14

夏《なつ》めく

時候

気候や景色に感じられる夏のきざし。

うつむけば人妻も夏めけるもの

長谷川春草

景色が夏めいてくると、若葉のそよぎや、色濃く咲く花や、人の装いも軽快に色美しく見えてくる。慎ましやかに俯く人妻に感じた夏のきざし。夏らしい装いも見えてくる。

今週学んだ季語を使って一句！

発想のヒント

秒針の音をよく聞いて言葉にしてみよう！

5/15

鯵《あじ》

鯵裂いて水の匂ひや男の手

佐藤惣之助

動物

大衆魚。「味がいいから鯵」の説も。

男の手がきびきびと逞しく動いて、新鮮な鯵を裂いている。鯵を捌きながら、水をざあざあ流して洗っている。涼しげな水の匂いが立ち上る。男の手が水の匂いを放つ。

5/16

夏足袋《なつたび》

特選

夏足袋や諸手は膝に畏まり

蒼鳩薫

人事

薄地で作る単衣の足袋。「足袋」は冬の季語。

歌舞伎踊りなどの所作事の稽古の一場面だろうか。両手を膝に置いて畏まって正座する夏足袋の裏の白さが印象的だ。この後に動き出すだろう足袋の白も涼しげだ。

5/17

金亀虫《こがねむし》

特選

マンションの廊下は暗し金亀虫

うみのひつじ

動物

夏の夜、灯を求め、羽音を立てて飛ぶ。

各階の階段は明るく灯っていても、マンションの廊下は暗くて蒸し暑い。歩いて行くと、じじ、じじ、と通路を転がる羽音が聞こえる。よく見ると、鈍く緑色に光る金亀虫であった。

5/18

白丁花《はくちょうげ》

玉水のほちほち眠し白丁花

班象

植物

漏斗状に五裂した白い小花をつける。

「玉水」は水滴の美称。屋根や軒から、雨だれがほちほちと落ちて眠くなる、静かな日。生け垣に一面に咲いている白い星形の小さな花も濡れている。これが白丁花の花だ。

5/19

夏始《なつはじめ》

水影も眼にいらだたし夏はじめ

時候

夏の始まりの頃。強い生命力にあふれる季節。

武田鶯塘

「夏はじめ」は清々しい印象の句が多いが、掲句はやや異色。水に揺らぐ影さえ、眼に苛立たしく感じられるというのだ。水面に映る影は、自分自身への苛立ちなのかもしれぬ。

5/20

鵜《う》

特選

羽干して若鵜の腹のつまびらか

動物

海や川に生息。黒い羽を持つ大形の水鳥。

露草うづら

胸と背中をぐぐっと大きく反らせて、羽を目一杯大きく広げて干している若い鵜。羽根は黒々として瑞々しく、若々しい腹の辺りまでがはっきりと見えている。

5/21

蛇《へび》

動物

退化して四肢の無いは虫類。くちなわ。

特選

月蝕の夜を遣ひ切る蛇の顎

内藤羊皐

実際には、大きな獲物を呑む蛇を見たのだろうが、月蝕の夜そのものを蛇が侵してゆくようなイメージの句となった。蛇は、月食の夜をおのれの滋養としてしまうのかもしれない。

今週学んだ季語を使って一句！

発想のヒント

今日の風に吹かれている洗濯は何色？

5/22

若葉《わかば》

植物

すべての木々は新しい艶やかな葉を吹き出す。

薄茶のむ菓子の白さよ若葉寺

寒川鼠骨

一般的なお茶席や、甘味処、公園の茶屋などで飲まれている馴染みのあるお茶が薄茶だ。若葉の美しい寺に設けられた茶席か。若葉の緑と、菓子の白さが引き立て合って美しい。

5/23

新茶《しんちゃ》

人事

新芽を摘んで製す。香りが珍重される。

特選

「初任給出た」のメモ付き新茶かな

沙那夏

「初任給出た」というメモ付ということは、就職した子どもからのプレゼントに違いない。初任給という初々しい響きにふさわしい新茶の色の緑、そして味と香りである。

5/24

夏野《なつの》

地理

草の生い茂る緑の野原。青野とも。

特選

恐竜の巣があのへんにある夏野

夏野あゆね

様々な種類の草木が自然に生い茂った、見渡す限りの夏野は、恐竜が闊歩していた時代の草原にも見えてくる。恐竜の巣があのへんにある。巣の中には巨大な恐竜の卵もあるか。

5/25

青葉《あおば》

植物

緑の深くなった頃の木々の葉をいう。

京なりけり青葉に動く傘の夜

幸田露伴

京の町である。夜目にも青々と瑞々しく茂った若葉が、雨によってしっとりと濡れ、さらに艶めいて見える。行き交う傘の動きも華やかに、いかにも古都の賑わいを思わせる夜である。

5/26

簗《やな》

手に足に逆まく水や簗つくる

人事

川魚を捕るための古来からの仕掛け。

西山泊雲

川の瀬に杭等を並べ水を堰き止め、一カ所だけ開けた所に、梁《やな》簀《す》を張り、流れてくる魚を捕まえる。その仕掛けを作る手足に水がぶつかって、巻き上がり激しく波立っている。

5/27

泉殿《いずみどの》

しろがねの器ならべつ泉殿

人事

納涼のため泉や池のほとりに建てられた建物。

松瀬青々

水を渡る風や映る光を楽しむ泉殿で行われる催しとはなんだろう。涼しげな銀の器が並べられている。池を渡る風の中に置く白銀の器は、いかにも涼しげに鳴り出しそうだ。

5/28

蜥蜴《とかげ》

動物

夏になると活発に。尾を切って逃げる。

特選

星の夜の明けて蜥蜴の尾の青し

うしうし

昨夜は、満天に星の輝く夜だった。一夜明けて、庭に見つけた蜥蜴。草に逃げ込む瞬間の蜥蜴の尾は青々と瑞々しく、昨夜の星の清らかな輝きを残しているかのようにみえる。

今週学んだ季語を使って一句！

発想のヒント

どんな紙が冷蔵庫に貼ってある？

5/29

ネル

ネル着たる肉塊の女に聖書かな

島田青峰

人事

毛織の軽やかな布地で作った単衣。

柔らかいネルの着物をはち切れんばかりに着た「肉塊《にく》の女」。措辞《そじ》からうける肉感的な印象に比して、女性が抱いているのは聖書だという。意外性の中に敬虔《けいけん》な精神が漂う。

5/30

セル

セルを着て遊女なりしと誰か知る

石島雉子郎

人事

薄い毛織物でつくった初夏の単衣のこと。

地味な紺の格子模様などの、セルの単衣の着物を着ている女性が、その昔遊女だったと誰が知るだろう。野暮ったく粗末な着物姿へのささやかな共感も感じられて……。

5/31

水馬《あめんぼ・みずすまし》

動物

長い後ろ肢を持ち、水面を滑走する昆虫。

特選

あめんぼのあめんぼだけにみゆるくつ

ありあり

あめんぼの足をよく見ていると、水を弾いて輪に盛り上がったところが、透明の靴でも穿いているようだ。あめんぼだけに見えるあめんぼの靴と思ってあめんぼを見ている楽しさ。

今月、一番気に入った季語を使ってもう一句！

発想のヒント

いつも使っている鞄には何がはいっている？

6/1

夏書《げがき》

人事

夏安居の間に行う修行。写経のこと。

しらぬ字の大きに成し夏書かな

吉分大魯

先祖供養に寺に納経するための写経。知らない漢字は、一画一画丁寧になぞって書き写してゆく内に、自然と字が大きくなってしまった。不揃いの漢字が並んでいるが心を込めて書く。

6/2

揚羽蝶《あげはちょう》

動物

夏の蝶の代表。翅は鮮やかな模様。

特選

律動に腹破れぬか揚羽蝶

鷹之朋輩

大形の揚羽蝶の羽ばたきは時に雄大に見え、時に優雅に、時に激しいものとなる。己の羽ばたきの律動が己を痛めつけ、ついには腹を破いてしまうのではないか……と危ぶむ。

6/3

卯の花《うのはな》

植物

山野に分布し白色五弁の花を枝先につける。

卯の花や彳む人の透き通り

堀麦水

卯の花を愛でているのだろう。彳《たたず》んでいる人がいる。日射しを受けた卯の花が、さらに白さを増していくのと相まって、その人は透き通って同化していくかのようだ。

6/4

金銀花《きんぎんか》

植物

白から淡黄色に変わる花。忍冬《すいかずら》の花とも。

有らば有れ多きは卑し金銀花

青野太筇

忍冬は、花が白から黄に変色するので金銀花とも呼ばれる。漢方では乾燥して解熱・解毒薬に用いる。金銀（お金）は有ったら有ったで困らぬが、多すぎるのはどこか卑しいものだなあ。

六月

6/5

駒鳥《こまどり》

動物

ヒンカラカラカラと駒（馬）のように鳴く。

駒鳥の声ころびけり岩の上

斯波園女

山岳の岩場や、渓流の傍らの岩の上に、駒鳥の声が転がるように、馬の嘶《いなな》きのように聞こえている。岩の方を振り向いても、駒鳥の姿は既に飛び去った後、声だけが響いている。

6/6

津走《つばす》

動物

いなだ（鰤の若魚）の傍題。関西では津走。

特選

魚屋が津走だと言ふ津走買ふ

かむろ坂喜奈子

何の魚かと眺めていたら、魚屋に「これは出世魚の津走だよ！縁起物だよ！」とお勧めされた。「おおこれが津走か！」と興味をそそられて……。思わず買ってしまったよ。

6/7

百足虫《むかで》

動物

陰湿な石垣、軒下などに好んで棲む節足動物。

夜の百足写経の机這ひにけり

青木月斗

夜、写経をしている机の上を、百足が這いのぼってきた。この百足もお経の功徳や御利益を慕って来たのか。それならば叩き潰すことも、払い除けることも出来ないではないか。

今週学んだ季語を使って一句！

発想のヒント

嫌いな食べ物で一句！

6/8

蝙蝠《こうもり》

蝙蝠やひるも灯ともす楽屋口

永井荷風

動物

夕刻に飛来し蚊等を捕食する。蚊食鳥とも。

艶やかな衣装や浴衣姿の役者達が出入りする、歌舞伎や芝居の楽屋口には、昼でも夜のような灯がともっている。そこに蝙蝠が飛んで来ると、ますます日暮れのように感じられて。

6/9

日除《ひよけ》

特選

マネキンに縞模様なす日除かな

愛しみのベラドンナ

人事

夏の陽射しを遮るため、軒に取り付ける覆い。

洋装店のショーウインドウなどに美しい衣装のマネキンが並んでポーズをとっている。庇《ひさし》に付けられた日除を通して差し込む陽射しが、彼らの上に縞模様となって降り注ぐ。

6/10

梅檀の花《せんだんのはな》

植物

花棟《はなおうち》のこと。落葉高木。枝先に淡紫の花を咲かす。

せんだんの花吹きまくや笠のうち

桜井梅室

紫の靄《かすみ》のように見える無数の細かな梅檀の花。甘い高貴な香りを放ちながら、音も立てずにひそやかに散り、風に吹きまくられて空に舞い上がる。旅人の笠の中にまで飛んできたよ。

6/11

花あやめ《はなあやめ》

植物

菖蒲《あやめ》に似るが別種。山野に自生する。

花あやめ九条はむかし揚屋かな

江森月居

昔、この九条という所は、太夫や天神などの高級遊女を呼んで遊興する揚屋があったそうな。九条のあやめを見ていると、美しい遊女たちの街であったのだなあと感じられてくる。

6/12

遠雷《えんらい》

遠雷やはづしてひかる耳かざり

木下夕爾

天文

遠くの方で聞こえる雷鳴のこと。

6/13

太宰忌《だざいき》

太宰忌の砂に咲く花抜かれけり

美杉しげり

人事

作家・太宰治の忌日。桜桃忌とも。

遠くの方で雷が鳴っている。そのかすかな音を聞きながら、耳かざりをはずす。卓においたかベッドサイドか。遠雷に呼応するように、耳かざりがころんと光った。

太宰忌の砂に咲いているのは、浜昼顔だろうか、それとも、浜《はま》豌豆《えんどう》のたぐいだろうか。地下茎を長くのばして生きる砂に咲く花々。下五の措辞の空虚が、季語と響き合う。

6/14

出水《でみず》

地理

梅雨時の河川の氾濫。秋の台風時は「秋出水」。

特選

空映す出水うつくしくてかなし

森中ことり

植えたばかりの田の苗が流されたり、家財道具が水浸しになったり……。災難である出水に青空が映り、水が非常な美しさを見せている。美しいことがこんなにもかなしいとは。

今週学んだ季語を使って一句！

発想のヒント

蜘蛛の巣はどんなふうに揺れている？

6/15

枇杷《びわ》

特選

蟻のびわ吾のびわ神様のびわ

藤田ゆきまち

植物

濃緑の厚い葉。黄橙色の実に綿毛が生える。

この枇杷は、蟻のものでもあり、私のものでもあり、そして、神様のものである。生きとし生けるもの、動物も植物もそして人間も全て神様のものであるよと、枇杷を見て思う。

6/16

梅雨《つゆ》

特選

梅雨の夕こんにゃく暗き匂いして

後藤洋子

天文

入梅後、約一ヶ月間続く雨期。梅が熟す頃。

梅雨の夕暮。ふと手に取ったこんにゃくが、こんなにも暗い匂いであることに気づく。いつものこんにゃくを、我が心の屈託がどう嗅ぎ取ってしまったのかと、心をのぞき見る心地か。

6/17

黐の花《もちのはな》

医師の来て垣覗く子や黐の花

富田木歩

植物

淡黄緑色の四弁を密につける。雌雄異株。

往診の医師が家に来るのを、垣根の向こうから覗いているのは近所の子供だろうか。白っぽい淡い黄緑色の細かい黐の花が、強過ぎるほどの健やかな香りを放っている。

6/18

夏の海《なつのうみ》

夏の海水兵ひとり紛失す

渡辺白泉

地理

照りつける太陽の下、紺碧に輝く海。

同じく白泉の句「戦争が廊下の奥に立つてゐた」の影響もあるのだろうが、戦時下の水兵を思い浮かべる。「紛失」という無機的な一語が戦争の理不尽さをいや増しているようで。

6/19

蛾《が》

特選

もんやうのはねをらぬやうう蛾をみとる

郡山の白圭

動物

大半は夜行性。火蛾、火取虫とも。

6/20

ビール

特選

喉きゅっと締りてひらくビールかな

玉響雷子

人事

麦を主に、ホップを加えて発酵させた酒。

抽象絵画や美術工芸品のような美しさを持つ蛾の翅の紋様。大胆であったり、繊細であったり、そんな翅を折らぬよう、紋様に触れぬよう、死んでゆく蛾を静かに看取っている。

一日が暑ければ暑いほど、長ければ長いほど、我慢すればするほどビールが美味しい。一口ぐいと飲んで、喉が一旦きゅっと締り、それから開いて飲み下す。喉がビールを喜んでいる。

6/21

夏至《げし》

時候

二十四節気。一年で最も昼が長い日。

特選

夏至よ目をひらけばエネルギーが要る

北藤詩旦

一年中で昼の時間がもっとも長く、夜の時間がもっとも短い夏至。これからピークを迎える暑さへの気構えが夏至への呼びかけとなった。よし、エネルギーをもって挑むぞと。

今週学んだ季語を使って一句！

発想のヒント

空想の動物は何が好き？

6/22

特選

誘蛾灯《ゆうがとう》

人事

田畑や果樹園で害虫を集めて駆除する灯火。

誘蛾灯下り高速バスを待つ　あねご

「下り高速バス」ならば、大都会での用事を済ませ、身も心もぐったり疲れて、独り高速バスを待っているのだろう。停留所の誘蛾灯の下、集まってくる蛾をぼんやりと眺めている。

6/23

特選

夏の夕《なつのゆう》

時候

夏の夕べ。少し暑さが和らぎ過ごしやすい。

夏の夕てぬぐい石けん十二円　高木富

古い温泉場の木戸口で、手ぬぐいと石けんを求めて、十二円払って、温泉へ入った。いつの時代の思い出だろう。懐かしい昔に戻って小さな旅をしているような夏の夕暮れ。

6/24

五月闇《さつきやみ》

しら紙にしむ心地せり五月闇

加藤暁台

天文

五月雨の降る頃の、雨雲の垂れ込めた濃い闇。

深い闇にほの浮かぶ紙の清らかな白さ。それはまるで、梅雨時の鬱々とした吾が心に染み入るように趣き深く感じられる。「しら紙」「しむ」の柔らかな調べが印象的な一句。

6/25

夏の夜《なつのよ》

夏の夜やただ邯鄲のかり枕

野々口立圃

時候

昼の暑さが去って最も過ごしやすくなる。

邯鄲《かんたん》の地で枕を借りて眠ったら、栄枯盛衰の儚い人生の夢を見た、という中国の故事がある。旅の枕で寝ていると、ひたすらそんな夢を見そうな気がする夏の夜である。

6/26

籐寝椅子《とうねいす》

人事

籐の茎・皮で編んだ夏向きの涼しげな椅子。

一碧の水平線へ籐寝椅子

篠原鳳作

鮮やかに碧い水平線が見えるように置かれた籐寝椅子。無駄な言葉は一字も無く、「一碧」という響きもきっぱりと爽快。油絵を思わせるような色彩とシンプルな構図が魅力的な句だ。

6/27

氷菓《ひょうか》

人事

凍らせて食べる菓子の総称。

父祖哀し氷菓に染みし舌出せば

永田耕衣

氷菓に染まった舌をベエと出す。今ここにある自分が感じている、父やその父、そのまた父……と、はるかに時を遡る父祖への想いが交差する。切なくもあり、愛《かな》しくもあり。

6/28

梅雨空《つゆぞら》

天文

梅雨時の雨雲に覆われた空模様をいう。

梅雨空の月あるらしき雲明り

五百木飄亭

梅雨空の雲の向こう側には月が出ているらしい。月明かりに裏側から照らされて、雲がぼんやりと明るく灯って見える。雲を透かして見る潤んだ月明かりも趣深く美しいものだ。

今週学んだ季語を使って一句！

発想のヒント

ボードゲームをする手元を観察してみよう！

6/29

梅雨晴《つゆばれ》

梅雨晴の山を見上る嗽ひかな

水落露石

天文

梅雨の合間に少しの間晴れること。

雨上りの朝、嗽《うがい》をするために仰向いたとき、窓から山を見上げた。梅雨を存分に吸った山の緑を眩しく見ながら、たっぷりと水を含んで音立てて嗽をする爽快さ。

6/30

走馬灯《そうまとう》

特選

火の起こす風のさみしさ走馬灯

桜井教人

人事

鳥獣草木等の切絵を、燈籠の灯に映して回す。

蝋燭の炎の熱が生んだ上昇気流の風によって、ゆっくり回り出す走馬灯。かすかな炎の匂い。風が静かに動かしてゆく走馬灯のさまざま……。影絵もまたさみしい。

今月、一番気に入った季語を使ってもう一句！

発想のヒント

雨を触ってみよう！

「自然の中で働く人を詠もう」

田植えを見たことがありますか？　今は機械植えが主流でしょうが、歳時記には、草肥、代掻、苗取り、田草取り、水番、など見たことのないような季語もたくさんあります。日本の食の中心となる米作の現場を一度は見たいものです。田植えの季語をじっくりと読んで、一句詠みましょう！

四月～六月のまとめ

半年が過ぎました。投句〆切は、２０２２年8月15日（月）必着です。投句方法は、２３２ページを参照ください。どの日付のどの季語で投句するか。他の人が選びそうもない季語に挑戦してみてもよいですね。〆切日以降の日付の季語での投句もお待ちしています。

七月の季語

7/1

片陰《かたかげ》

特選
片陰を出たら死んじゃうルールの子
網代木哲

天文
炎天下、街並や住宅等の片側にできる濃い影。

鬼ごっこか。片陰を歩いていくとき、一人で勝手に唱えているルールか。「死」を不吉とも思わない子供達は、無邪気な声を響かせながら、片陰から片陰へとはねるように遊ぶ。

7/2

蝮酒《まむしざけ》

動物
蝮を漬けた焼酎。強壮剤や薬用で用いる。

特選
黄濁の眼力強し蝮酒
冬のおこじょ

眼力には、物事の善悪を見分ける力の意味も。毒を持ち、姿の不気味な蝮だが、酒で黄色く濁っていても衰えることのないその眼力。そんな眼にたじろぐことなく、ぐいと飲む蝮酒。

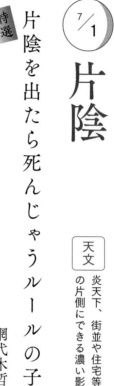

7/3

団扇《うちわ》

人事

父に似て白き団扇の身に添へる

渡辺水巴

あおいで涼をとったり、蚊や蝿を追い払う。

白い団扇を気に入っていつも使っていた父。自分にはどうもしっくりこなかったのだけれど、歳を重ねた今、父のように白い団扇が似合うようになってきた。ひとつ風を起こす。

7/4

施米《せまい》

人事

特選

木屋町の七不思議聞く施米かな

本山喜喜

山中などで修行する僧に、米や塩を施すこと。

施米の折に聞く「木屋町《きやまち》」の七不思議とは……。幕末の志士たちの旧跡が残る町だけに、新撰組か、はたまた龍馬の話か……。七不思議が多く残る京都の地ならではの施米であるよ。

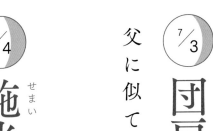

7/5

沖膾《おきなます》

人事

沖で釣った魚をそのまま船上で調理したもの。

魚屑を鴎に投げつつ沖膾

高田蝶衣

沖でつった魚をそのまま船の上で捌いて食す。余った魚屑をどうしよう。すべて鴎《かもめ》にくれてやれ、とばかりに放り出す。鴎も食らい、己も食らう。沖膾がうまい。

7/6

パナマ帽《ぱなまぼう》

人事

パナマ草で作られた夏帽子。エクアドル起源。

特選

いつまでも未婚の叔父やパナマ帽

洒落神戸

親戚で噂になっている未婚の叔父さん。だけど、そんなことお構いなしに、叔父さんはトレードマークのパナマ帽で颯爽と歩く。パナマ帽が、よく似合っていてかっこいい。

7/7

簾《すだれ》

灯のかうかうと夜気深し簾解く

富田木歩

人事

室内の仕切りや日除けに用いる屏障《へいしょう》具《ぐ》。

かうかうと夜を照らす灯。昼間の喧騒は過ぎ去り、物の気配は皆潜めている。確かに夜気は静かに流れ始めているよう。簾を解いてみれば、昼間のこわばった感情もほぐされていく。

今週学んだ季語を使って一句！

発想のヒント

最寄りの山の名前は？

7/8

特選

日焼《ひやけ》

ぬうと出てミラー直せり日焼の手

田村朋子

人事

夏の陽射しに全身が小麦色に焼けること。

車のサイドミラーだろうか。運転席の窓から日焼した小麦色の手がでてきた。さて、どんな人物が乗っているのか。日焼の腕だけが突然目の前に現れた驚きの「ぬう」。

7/9

特選

灼《やく》く

海岸をずらりと灼けてゐるサドル

DAZZA

時候

真夏の直射日光に地上や身体が灼かれること。

暑い日の自転車はサドルの部分が、一番温度が高くなる。海岸にサドルがずらりと並んでいる光景に、どうやら暑さが増したようだ。涼を求めて海岸にやって来たというのに……。

7/10

プール

特選

元夫と今の夫ゐるプールかな　ほしのあお

人事

屋外プールが夏の風情。屋内や温水もある。

夫と涼を求めてやってきた屋外プール。そこに元夫の姿が。危機的な状況に女は慌てるのだが、やがて笑いがこみ上げてきた。なんせ登場人物全員、ほぼ裸ですから。

7/11

井戸替《いどがえ》

人間の水は井戸替星は空　西山宗因

人事

井戸の水を汲み上げ底のごみなどを取り除く。

生命の源である水。井戸にたまったごみを取り除いて、綺麗にすることは欠かせない。汚れを取り去った水に美しく映る星に気づき、ふと空を見上げる。星の輝きもまた清浄である。

7/12

冷夏《れいか》

壁面に黒塗られゆく寒い夏

佐藤鬼房

時候

夏期に低温の日が長く続く異常な気候。

夏に低温が続く異常な気候は、農作物ばかりか、人の体調に影響を与えることもある。実際に壁が黒く塗られた景というよりも、黒く塗り込められたような心象を詠んだ句だろう。

7/13

雲海《うんかい》

雲海や一天不壊の碧さあり

大谷碧雲居

天文

山に登ると足元に雲が海面のように広がる。

雲は水蒸気を含んだ上昇気流によってできる。標高の高い山頂では、足元に広がる雲が見られることも。空一面には揺るぎない碧《あお》が広がる。まるで天地が逆転したかのようだ。

7/14

幽霊《ゆうれい》

人事

『現代俳句歳時記』に夏の季語として採録。

特選

まう一度縊ってやらうか彼の幽霊

あまぶー

また私のところにやってきた幽霊。以前、縛り首にしたあいつだ。まだ死にきれなかったと見える。それが私の役目とはいえ、もう何度目になるのか。私の腕が悪いのだろうか。

今週学んだ季語を使って一句！

発想のヒント

苦手なにおいを表現してみよう！

7/15

冷酒《ひやざけ》

人事

夏暑いので、日本酒を冷のまま飲むこと。

冷酒やつくねんとして酔ひにけり

石塚友二

ひとり夜の晩酌。いつもは狭く感じるこの部屋も、今日は広く感じる。ひとりでぼんやりとしていると、冷酒が喉を通る感覚が、いつもと違った風味に感じる。今日は酔ってしまったなあ。

7/16

西日《にしび》

天文

夏の遅い午後の日射し。やりきれないほど暑い。

特選

西日とは饐えし記憶の絆創膏

山本先生

日中の暑さ以上に西日には強烈な暑さを覚える。西日に子供の頃貼ってもらった絆創膏の記憶を思い出しているのか……。饐《す》えた過去の記憶を西日という光の絆創膏が癒やしているのか。

7/17

向日葵《ひまわり》

植物

夏を代表する、大きな黄色い花。高く伸びる。

特選

向日葵を抱くこのへんが盆の窪

綾竹あんどれ

今、こうして胸に抱いている向日葵。大きく美しく咲く向日葵をまるで少女のようだと感じた瞬間、このあたりが盆の窪だろうかとふと思う。腕に抱く向日葵の確かな存在感。

7/18 祝

虫干《むしぼし》

人事

書物を防虫防黴のために風通し、陰干しする。

虫干や千畳敷を大般若

藤野古白

六百巻もあるという仏教の経典大般若経《だいはんにゃきょう》。畳千枚を敷くほどの大広間に大般若経を広げる景は圧巻だ。千畳敷を吹き抜けていく風も、広大な空も見えてきてなんとも気分のいいものだ。

七月

7/19

暑気払《しょきばらい》

人くさく人に混れり暑気払

人事

酒や薬を飲むなどして、暑さを払いのける。

石塚友二

酒でも飲まねばこの暑さは払えない、などと飲みに行く言い訳を考えながら、街の人の群れに交じって同化していく。これもまた人間らしい暑い夏の過ごし方であるよ。

7/20

蚊帳《かや》

人事

蚊を防ぐための寝具。懐かしい風情がある。

特選

蚊帳失せて只の仏間に戻りたる

江藤すをん

蚊帳は、蚊の侵入を防ぐものではあるが、蚊帳の中は異世界のようにも見える。夜が明け、明るくなれば魔法は解ける。蚊帳をしまってしまうと、元の仏間に戻った。

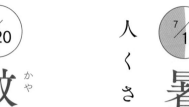

7/21

鰻《うなぎ》

動物

土用の丑の日には夏負け対策として食す。

水の国火の国うなぎ裂かれけり

美杉しげり

海の幸山の幸に恵まれたまほろば、日本。「水の国火の国」の句またがりのリフレインは、日本という国への寿ぎであろう。さあ、豊かに育ったうなぎを豪快に裂き、日本の恵みを頂こう。

今週学んだ季語を使って一句！

発想のヒント

氷が解けるのを観察しよう！

7/22

虫送《むしおく》り

人事

稲作に害をなす虫を追い払う行事。

松明の火に一天暗し虫送

祐昌

松明を先頭に畦道などを歩く人々。道を進むにつれ辺りは闇に包まれる。ふと空を見上げれば深い闇。松明の火と空の闇に豊作と虫たちの供養を願う。天と地、明と暗の対比。

7/23

晩夏光《ばんかこう》

時候

夏の終わりのころ。烈日も衰えはじめる。

晩夏光バットの函に詩を誌す

中村草田男

「バット」は、ゴールデンバットという煙草の銘柄。詩句が浮かび慌てて誌《しる》すものを探すが、あいにく煙草の函《はこ》しかない。暑さも和らぐ晩夏の光に、煙草の煙も少し弱々しく見える。

7/24

特選

扇風機《せんぷうき》

もらい事故に事情聴取の扇風機

眞

人事

涼をとるための機械。気軽さが重宝がられる。

もらい事故なのに……、なぜ事情聴取に呼ばれているのだろう。殺風景な部屋にある扇風機。首を振る扇風機を見つめながら、この聴取いつまで続くのやらと……。

7/25

特選

夕顔《ゆうがお》

夕顔萎む男はみんな先に逝く

真

植物

夕暮れ白い花を開くが、翌朝には萎れる。

夕顔がしぼんでいる。男たちは、みな先に死んでいくなと思う。顔が萎むことも、男たちが逝くことも、淡々と受け止めつつ、今日という日がまた終わっていく。

七月

7/26

特選

ががんぼ

動物

蚊に似ているが、もっと大きな昆虫。

ががんぼの闘ふはががんぼの影

須坂大寒

ががんぼは、脚と体のバランスが悪く、飛んでいる姿もどこか危うい。もしかすると、自分の影と闘っているのではないかと思えてきた。その姿は定まらない自分自身にも重なってくる。

7/27

沙羅の花《しゃらのはな》

植物

白い花びらに黄色の蕊をもつ。夏椿とも。

沙羅活けて女客あり日三竿

籾山梓月

朝には咲き夕べには散る沙羅の花。「日《ひ》三竿《さんかん》」とは、竹竿を三本つないだほどの高さに日が昇ること。折しもちょうど訪れた女客に、沙羅の花のはかなさと美しさが重なって。

7/28

三伏《さんぷく》

時候

初伏、中伏、末伏の総称。夏最も暑い時期。

草や木や三伏の天垂れて燃ゆ

相馬遷子

中国の陰陽五行説に基づく選日である初伏、中伏、末伏。これらを合わせた三伏は、酷暑の頃で、種蒔きに悪いなどと言われる。草や木が、そして、天が垂れて燃えているように暑い。

今週学んだ
季語を使って
一句！

発想のヒント

お風呂場にあるお気に入りのものは？

7/29

特選

水飯《すいはん》

極上の水飯なるぞ名水ぞ　池乗恵美子

人事

涼しい食感を求め、水をかけて食べるご飯。

夏は食欲の失せる季節でもあり、飯の饐えやすい季節でもある。名水を掛けた飯は、極上の食べ物に変わった。「ぞ」の繰り返しに、生きて食うことへの感動と喜びがみえる。

7/30

空蟬《うつせみ》

空蟬のふんばつて居て壊はれけり　前田普羅

動物

蟬の抜け殻。儚さの例えにも使われる。

蟬は背中の部分を裂くようにして誕生する。抜け殻は、空っぽになってしまったにもかかわらず、力強く四肢を張っている。下五「壊はれけり」の率直な描写が眼目の一句。

7/31

蟹《かに》

動物

沢や磯にいる小さな蟹のこと。

特選

蟹数多出づる亡者の眠る川

平本魚水

夜に産卵し、川一帯を真っ赤に埋め尽す蟹もあるようだ。続々と出て来る蟹は、亡き者の魂や肉体を糧として生まれてきたのか。死から生まれくる命に感じる無常。

今月、一番気に入った季語を使ってもう一句！

発想のヒント

家の中にある青いものを挙げてみよう！

8/1

涼風《りょうふう・すずかぜ》

天文

秋の気配がしのび寄り風が涼しく感じられる。

涼風の一塊として男来る

飯田龍太

「涼風の如き」ではなく「涼風の一塊」なのだ。清々しく凛々しく、さらに体格も良い男なのだろう。姿ばかりではない、心根もまた芯が通って気持ちの良い、そんな男がやって来る。

8/2

夜の秋《よるのあき》

時候

暑さの中にも、ふと秋の気配が感じられる夜。

西鶴の女みな死ぬ夜の秋

長谷川かな女

『好色五人女』の八百屋お七やおせん、おさん……愛欲の果てに悲劇的な死を遂げた女達に想いを馳せる夜。秋が近づいていることを感じる頃、心にも秋の気配がしのび寄る。

8/3

秋隣《あきどなり》

秋隣る庇に近し一つ星

巌谷小波

時候

夏の暑さの中で、秋を間近に感じること。

昼間はまだ暑いが、夜にはずいぶんしのぎやすくなってきた。我が家の庇《ひさし》に近々と見えている金星の光も、澄んで美しい。もうすぐ秋だなぁと、安らかな心でしみじみと夕空を眺める。

8/4

青柿《あおがき》

青柿の野口英世の生家なり

久米三汀

植物

まだ熟していない青い色の柿のこと。

民家のそばに青々と柿が実っている。穏やかで平凡な、どこにでもある風景だ。しかし、ここが野口英世の生家と知ると、俄然特別な景に思えてくる。柿まで美しい青を増したような。

8/5

夏の果《なつのはて》

水は水洲は洲の夏の果つるかな

久保田万太郎

時候

夏の終わり。夏を惜しむ思いがこもる。

中洲のある、ある程度大きな河だろう。昨日に変わらぬ景色ではあるが、水の色も中洲の様子もどこか違って見える。夏が終わろうとする気配を感じる光景であるよ。

8/6

酷暑《こくしょ》

特選

前略の続きも略したき酷暑

石井一草

時候

ひどく暑いこと。夏の暑さの最も極まる時。

とりあえず「前略」とだけ書いたものの、そこで手が止まってしまった。何と書けばいいのか、頭も回らない。この続きも略してしまいたいほどの暑さに、もはや気力も萎えきって……。

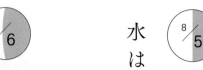

8/7

星祭《ほしまつり》

人事

七夕の夜、五色の短冊に願い事や歌を書く。

特選

星祭あの子の短冊は赤い

朝月沙都子

「あの子」とは仲の良い友達か、仄かな恋心を抱いている相手か。はたまた妬心を抱く存在か。あの子が願い事を書いて吊るした赤い短冊。その鮮やかに綺麗な色が、心をざわつかせる。

今週学んだ季語を使って一句！

発想のヒント

網戸の外からどんな音が聞こえる？

八月

8/8

摂待《せったい》

人事

寺詣や遍路のために、湯茶を出してふるまう。

摂待に女具したる法師かな

内藤鳴雪

摂待とは、寺の門前の往来にて修行僧にふるまう清水や湯茶。そこに女性を伴って法師が現れた。どういう素性の女か……と道ゆく人々の好奇心がひそかにかきたてられて。

8/9

秋の雨《あきのあめ》

天文

秋に降る雨。蕭条《しょうじょう》として冷たい。

秋雨や帰され嫁の荷宰領

石島雉子郎

荷宰領とは婚礼の荷物を取り仕切る責任者。立派な婚礼支度を滞りなく嫁ぎ先へ届けたのに、その花嫁が離縁され、実家へ帰されたのだ。そぼ降る秋雨に、やりきれぬ侘しさが滲む。

8/10

秋の蛍《あきのほたる》

秋の螢女は夜を淋しがる

動物

数もめっきり減り、いかにも哀れ深い。

石井露月

秋の蛍が儚げに飛んでいるのを見れば、夜の淋しさがいっそうつのる。いや、本当に淋しいのは夜ではなくて、女自身かもしれない。秋の蛍のように侘しく孤独な、その心かもしれない。

8/11 祝

鰯《いわし》

特選

口先にぼうと火のつく鰯かな

動物

体にある黒点から七つ星とも言われる大衆魚。

椋本望生

七輪で焼いているのか。鰯の口先にぼうと火がつくほど、勢いよく真っ赤に熾きた炭火。「口先」から始まり、「火のつく」とは何か？　と思わせておいての謎解きに俳諧味がある。

8/12

特選

生御魂《いきみたま》

人事

先祖供養の様に、健在の年長者の長命を願う。

本人は知らぬ生身魂の健啖

アロイジオ

祖父か祖母か。お盆のご馳走を好き嫌いもなく、美味しそうに食べている。けっこうな高齢なのに、その健啖《けんたん》ぶり。当の本人はいっこうにお構いなしの様子なのが、微笑ましくめでたい。

8/13

特選

苧殻《おがら》

人事

麻の茎を剥いで干し、迎火・送火に燃やす。

空は晴れました苧殻のふとかろき

池内ときこ

空は気持ちよく晴れわたっている。門火のための苧殻を手にした時、その軽さに思わずはっとした。初秋の美しい空も苧殻の軽さも、からりと明るくて、でもどこか淋しくて。

8/14

刺鯖《さしさば》

人事

刺鯖と蓮の飯は生御魂の祝いに欠かせない。

特選

刺鯖の骨うつくしき眠りかな　ぐ

お盆のご馳走である刺鯖。みんな上手に食べて骨だけがきれいに残った。なんだか美しい眠りについたよう。帰省した人々も、ご先祖様も、この故郷もまた、やがてそんな眠りの中に……。

今週学んだ季語を使って一句！

発想のヒント

天袋には何をしまった？

8/15

朝霧《あさぎり》

天文

朝に立ちこめる霧。春は霞、秋は霧という。

朝霧や兵船に太鼓鳴る

羅蘇山人

しらじらと海を漂う朝霧。島影もさだかに見えない。その霧の中を力強く響く太鼓の音は、進撃の合図だろうか。それは、作者が遥かな時代の戦を想い、心に聞いた音なのかもしれない。

8/16

秋の夕《あきのゆうべ》

時候

秋の夕暮れ。しみじみとした情緒がある。

秋は夕を男は泣かぬものなればこそ

椎本才麿

「秋は夕暮」と古来より和歌にも詠まれてきた。男は泣かないもの。だからこそ、その男の涙を誘うほどに哀れ深い趣きの秋の夕は特別なのだ。言わば逆説的な、秋の夕への賛辞。

8/17

盆過《ぼんすぎ》

盆過や雨を見て居るはなれ家

月鴻

人事

先祖供養の盂蘭盆が過ぎたころ。

お盆が過ぎ、子や孫がみんな帰っていくと、急に静かになった。離れに籠って、静かな秋の雨の風情を眺めている。ほっと穏やかで、それでいて淋しいような心持ちを楽しみながら。

8/18

荒鷹《あらたか》

あら鷹の瞳や雲の行く処

松瀬青々

動物

鷹狩り用に捕らえたばかりの若い鷹。

捕らえられて間もない鷹の眼は、人間を拒むように空へ向いている。流れる雲に己の失われた自由を見ているのか。まだ心を許してはくれそうにない鷹の、鋭く張り詰めた気配が周囲に漲《みなぎ》る。

八月

8/19

棗《なつめ》

特選

棗熟る幽かに鳥の長恨歌

池之端モルト

植物

俵形の実。熟れると林檎のような味。

棗が熟れてきた。古来より中国で愛されてきたという実に、ふと思いだしたのは玄宗皇帝と楊《よう》貴妃《きひ》の逸話。幽《かす》かな鳥の声も二人の愛を主題にした『長恨歌《ちょうごんか》』を歌っているかと思えて。

8/20

芋虫《いもむし》

特選

芋虫が決死の高速移動かな

藤田素子

動物

蝶や蛾の幼虫。毛はなく、緩慢に動く。

詠まれているのは移動中の芋虫のみ。早く移動しないと天敵に見つかる。全身をくねらせて急ぐ姿は、まさに「決死の」である。小さな命に向ける作者の眼差しがあたたかく、ユーモラス。

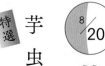

8/21

秋雷《しゅうらい》

天文

秋に鳴る雷。夏の雷と違い寂しさがある。

吾子の顔剃るや秋雷家を響《とも》す

石橋辰之助

顔剃りの場面だろう。慎重に子の肌に滑らせてゆく刃。……と、いきなり雷が鳴る。家中に鳴り響く凄まじい音だ。手にした刃の鈍い光に、ぞくりと身体が竦んでしまう。

今週学んだ季語を使って一句！

発想のヒント

窓から見える木で一句！

8/22

白桃《はくとう》

白桃に眠りの紐のゆるびたる

植物

桃の品種のひとつ。果汁豊かで、上品な甘さ。

夏井いつき

熟れた白桃の甘い香りが漂っている。その香に、昼間はぴんと固く張り詰めていた心も身体も、うっとりと蕩けてゆく心地がする。固く結ばれた紐が柔らかに弛んでゆくように。

8/23

桃の実《もものみ》

特選

痛さうなところから桃剥きにけり

植物

多汁美味。古来邪気を払う力があるとされた。

倉木はじめ

「痛さうなところ」とは少し傷みかけた箇所か。それとも、桃には触れられると痛いようなところがあるのだろうか。その痛そうなところへ、まず刃を入れる。少し嗜虐《しぎゃく》的な気分。

8/24

地蔵会《じぞうえ》

地蔵会に人出盛りて淋しさよ　原月舟

人事

地蔵盆とも。地蔵菩薩の縁日で京都で盛ん。

今日はお地蔵様の縁日。地域の善男善女が集まって、大変な人出だ。この賑わいを、なぜか淋しいと感じてしまう。明るい声が響くほどに、私の心には仄《ほの》かな淋しさが広がってゆく。

8/25

焼米《やきごめ》

人事

新米を籾のまま炒り、平たく搗いて殻を取る。

焼米や昔の僕とて来る　島田五空

焼米は香ばしく、ほんのり甘い。素朴で懐かしい味だ。昔、召し使いとして我が家で働いていたという人がやって来たが、この人の顔もまた懐かしく、心あたたまる思いにさせてくれる。

八月

8/26

白芙蓉《しろふよう》

植物

白色の芙蓉。朝開いて夕方はしぼむ。

ほしのかげいだきてふけぬ白芙蓉

松岡青蘿

ひとつひとつの白芙蓉がそれぞれに星影を抱いて萎み、静かに夜が更けてゆく。太陽でも月でもない、星であることが、芙蓉の白の清らかさを際立たせる。ひらがな表記も美しい。

8/27

秋の声《あきのこえ》

天文

物寂しい秋、聞こえる物音や気配を声と聞く。

特選

秋声や狂ふスウプの塩加減

足立智美

風の音、虫の声、かすかな物音も秋めいてきた。私の心もまた、いつしか秋の物思いに沈んでしまう。いつも通りに作ったスープの塩加減が狂っているのに気づいて、はっと我に返る。

8/28

秋果《しゅうか》

植物

秋の果物の総称。秋は実りが多い。

秋果買へり団地の妊婦三人来て

草間時彦

林檎に梨や桃、葡萄に栗……店先にあふれる秋の果実。近くの団地からやって来た三人の妊婦が、それらを買っていった。秋果も妊婦も、なんと豊かな生命力に満ちていることか。

今週学んだ季語を使って一句！

発想のヒント

空に何本の電線が交わっている？

8/29

水引の花《みずひきのはな》

植物

紅白の花の列が、飾り紐の水引に似ている。

特選

水引の花の縦横無尽かな

亀田かつおぶし

可憐な小花をいっぱいにつけた水引が、あちらこちらへ茎を伸ばしている。それを「縦横無尽」と楽しく捉えた。「かな」に作者の「なんとまあ」という驚きと讃嘆が込められて。

8/30

カンナ

植物

七月頃から秋近くまで咲き続ける。熱帯原産。

黄色くて汚い骨がカンナの根元

家藤正人

「黄色くて汚い」の突き放したような措辞が、散らばった骨のありさまをリアルに伝える。したたかなまでに鮮やかなカンナの花の色との対比が、なおさら無残な印象を増す。

8/31

辻相撲《つじずもう》

投げられて坊主なりけり辻相撲

宝井其角

人事

素人が町の広場などに集まって行う相撲。

賑やかに行われている辻相撲に坊さんも加わったが、見事に投げられてしまった。どっと上がる歓声の中、無念そうな坊さんの頭がやけに目立って、滑稽なような、気の毒なような。

今月、一番気に入った季語を使ってもう一句！

発想のヒント

お気に入りのお店の壁の色は？

八月

九月の季語

9/1

厄日《やくび》

時候

立春から二百十日目の、九月一日頃。

特選

黒色のきれい厄日の鯨の絵

藤雪陽

黒色は何かと思わせて、下五で鯨だと分かる語順が巧み。海を背景にした鯨の黒い色が、きりりと美しい。台風の襲来が多い厄日に見た絵の鯨の持つ、暴風雨にも負けないほどの力強さ。

9/2

鯊釣《はぜつり》

人事

鯊は簡単に釣れる。手軽で楽しい行楽。

はぜつるや水村山郭酒旗ノ風

服部嵐雪

「水村山郭酒旗ノ風」は杜牧《とぼく》の漢詩の一節を詠みこんだもの。杜牧の詩は春だが、嵐雪は秋の景として詠んだ。のんびりと鯊釣を楽しむ人の向こう、村の酒屋の旗がなびく。いい日和だ。

9/3

江鮭《あめのうお》

動物

琵琶湖固有種である琵琶鱒の別名。

喰ひてけり猫一口にあめの魚

伊藤信徳

「喰ひてけり」に作者の呆れたような心持ちがうかがえて可笑しい。よほど腹が減っていたのか、がつがつと一気に猫が食ってしまった江鮭。脂がのって美味そうだったなあ……。

9/4

新蕎麦《しんそば》

人事

やや未熟な蕎麦の粉で打った生蕎麦。

堂頭の新そばに出る麓かな

内藤丈草

堂頭《どうちょう》は禅寺の住職のこと。蕎麦好きのご住職が寺を出て、麓の大そう美味いと評判の店へ足を運ぶところか。新蕎麦はこの時期にしか味わえない。年に一度のささやかな贅沢を許されよ。

9/5

秋の灯《あきのひ》

人事

秋の夜長の灯火。しみじみと静か。

秋の灯のいつものひとつともりたる

木下夕爾

いつものように灯がともる、日常の何気ない一場面。少し肌寒くなってくる頃だけに、その灯はしみじみと温かく感じられる。ひらがなの多い表記も優しく穏やかな印象を与える。

9/6

茴香の実《ういきょうのみ》

植物

ハーブの一種で香料や薬用としても用いる。

茴香に浮世をおもふ山路かな

浪化

人も通わぬ山路で目に留まった茴香の実。地味で目立たないけれど、人の暮しに馴染み深い茴香に、現世のあれやこれやを思ってしまう。しばし現実を忘れ、歩いていたはずだったが……。

9/7

秋天《しゅうてん》

天文

秋の空のこと。高く澄んで美しい。

秋天に神の彫りたる由布二峰

田村木国

澄みきった空を背景に、くっきりと聳える由布の二峰。その美しく壮麗な姿は、神の手が彫り上げたとしか思えないほど。秋風の中、己《おの》が心もおのずと広やかに爽やかになってゆく。

今週学んだ季語を使って一句！

発想のヒント

塀にとまった虫をよく観察してみよう！

9/8

秋袷《あきあわせ》

一日の旅をたのしむ秋袷

高橋淡路女

人事

色や生地も秋らしく、夏の袷とは異なった趣。

本格的な旅ではない、日帰りのささやかな旅。だからこそ存分に楽しみたい。装いもそのひとつ。秋らしい色合いの袷に袖を通すと、早くも心が弾む。良い一日になりそうだ。

9/9

月代《つきしろ》

月代のボイジャー低く低く飛ぶ

加根兼光

天文

月が昇る前に、空が明るく白んでいく様子。

空が白んできた。もうすぐ月の出だ。ボイジャーはあのあたりを飛行しているはず……と東の空に見入る。「月代」という伝統的な季語と宇宙探査機という最先端の言葉の出会いが楽しい。

9/10

今日の月《きょうのつき》

天文

陰暦八月十五日の月。十五夜とも。

下手の漕《こぐ》船も又よしけふの月

中川乙由

9/11

月《つき》

天文

古来より、最も趣ある風物の一つとされる。

ほっと月がある東京に来てゐる

種田山頭火

江戸期には船からの月見も盛んであった。今日の漕ぎ手はあまり上手ではないとみえて、舳先《へさき》があちこちふらついて定まらない。それさえも良いではないかと興じる、今宵の月の美しさ。

ほっと心安らぐような月。東京に来て、東京の月を眺めながら、故郷の月を思いだしていたのかもしれない。日本中どこにいても月は変わらない。なつかしく我が身を照らしてくれる。

9/12

宵闇《よいやみ》

宵闇やポストあるべき此辺り

数藤五城

天文

俳句では、月の出るまでの長い闇をいう。

手紙を投函しようとやって来たものの、日はとっぷりと暮れてしまったし、月の出にはまだ時間がある。おまけに街灯もない。確か、このあたりにポストがなくてはならないはずだが……。

9/13

秋耕《しゅうこう》

秋耕や土に脱ぎたるかぶりもの

高橋淡路女

人事

収穫の終わったあとの田畑を起こすこと。

この前収穫を終えたばかりで、もう次の作業。淡路女の時代であれば、手ぬぐいなど被っていただろうか。ひと休みする時、それを無造作に脱いで土に置く。汗ばむ額に秋風が心地よい。

9/14

鹿笛《しかぶえ》

人事

牡鹿を誘うために猟師が用いる笛。

鹿笛の一つは谷へ下るらし

大谷繞石

哀調を帯びた鹿笛の音が、そこかしこから聞こえてくる。その内の一つは、どうやら谷へ下ってゆくらしい。猟をする人の姿は見えない。澄んだ秋風の中、鹿笛の音だけが響いている。

今週学んだ季語を使って一句！

発想のヒント

今年の月で一句！

9/15

長き夜《ながきよ》

時候

秋は徐々に夜が長くなる。読書によい。

長き夜や目覚むるたびに我老いぬ

三浦樗良

若い頃は朝まで熟睡したものだが、夜中に何度も目覚めるようになってしまった。その度に老いを感じる作者。秋の夜であれば尚さらであろう。「我」の一字に老いの孤独が滲んで。

9/16

蘭《らん》

植物

多種。独特の形で、美しいものが多い。

秀でたる詞の花はこれや蘭

西山宗因

「蘭」という、その響きも字面も秀でて、人々を魅了する花。これこそが、その花ですよ……と眼前に差し出されたかのような一句。「これや蘭」の心弾むような調べが耳に快い。

9/17

特選

蔦の葉《つたのは》

蔦の葉に喰ひ尽くされしビルヂング

シュリ

植物

石垣や塀や木や岸壁などに巻きつく蔓性植物。

かなり古いビルだろう。壁がすっかり蔦の葉に覆われている。「喰ひ尽くされ」は大仰なようだが、いやいや、いずれ本当に蔦に喰われてなくなってしまうかも……。そんなビルヂングだ。

9/18

特選

石榴《ざくろ》

第二夫人を迎えし家の石榴かな

まゆりんご

植物

熟すと裂け、中の甘酸っぱい種衣を食す。

どこかよその国の話か。遠い時代の物語か。第二夫人を迎えた家には石榴が豊かに実っている。この果実が多産の象徴とされていることを思うと、複雑な人間模様も垣間見えるよう。

9/19 祝

獺祭忌《だっさいき》

上下なく士農工商獺祭忌

斎藤俳小星

人事

正岡子規の忌日。子規忌・糸瓜忌とも。

俳小星の師は虚子。獺祭忌は師の師である子規の命日。子規のもとには、身分の上下の隔てなく様々な人が集った。自分もその座に居たかったものよと、俳小星は思ったのかもしれない。

9/20

宵月夜《よいづきよ》

特選

宵月夜待合室のごんぎつね

大津美

天文

夕月夜。宵の間だけ山の端に見える月。

懐かしい『ごんぎつね』が置かれているのは病院の待合室か。窓にはほのかな夕月。ごんぎつねの悲しい最期を思いだすと、ふと泣きたいような気持になる。物悲しく、そして優しい宵。

9/21

稲の花《いねのはな》

植物

台風時期に開花。花はごく小さい。

特選

遺言状の次は礼状稲の花

下津可知子

いざという日のために遺言状を書いた。お世話になった方には礼状もしたためた。一面の稲の花に心が静かになってゆく。これでよし、ときっぱりした覚悟のようなものも生まれて。

今週学んだ季語を使って一句！

発想のヒント

あなたの本棚にある季語を探そう！

9/22

白菊《しらぎく》

植物

白い菊。菊は桜と共に日本を代表する花。

白菊や衰へし人礼正し

横光利一

盛りの菊が美しい季節、病みやつれた人と会った。痛ましいほど衰えているのに立ち居振る舞いは端正で、まさに白菊のようだ。凛として清らかな佇まいに敬服しないではいられない。

9/23 祝

障子洗う《しょうじあらう》

人事

古障子を張り替えるため川や池で洗う。

障子洗ひ山々のやつれ見えにけり

室生犀星

秋めいてきたある日、障子を洗う。山の方を見ると、夏の間の猛々しいほどの樹々の勢いは失せ、やつれたようにさえ見えたのだ。その一瞬の驚きが「けり」という切れ字に表れている。

9/24

黒葡萄《くろぶどう》

亀甲の粒ぎつしりと黒葡萄

川端茅舎

植物

葡萄の実の黒紫色のものの総称。

少しの隙間もないほどにぎっしり実った黒葡萄。縁起の良い吉祥模様である「亀甲《きっこう》」に例えたのは、見た目の相似からだけではないだろう。見事な実りへの寿ぎの心もまた込められて。

9/25

鱸釣《すずきつり》

釣上ぐる鱸や闇に太刀の影

各務支考

動物

鱸は盛夏から秋にかけてよく釣れる。

夜釣りだろうか。釣り上げた鱸はかなりの大物。力強く暴れると、闇に太刀が閃くように輝くのだ。句またがりの調べと「や」の切れ字が、釣りの様子を生き生きと伝えている。

9/26

案山子《かがし・かかし》

人事

稲を鳥獣から守るために立てる人形。

棒の手のおなじさまなるかがしかな

内藤丈草

秋の田のあちこちに立つ案山子。さほど工夫が凝らされているわけでもなく、棒で出来た手はどれもこれも同じような様だ。ゆったりした語り口が、ほのかな可笑しみを誘う一句。

9/27

放屁虫《へひりむし》

動物

危険を察すると悪臭を放ち逃げる虫の俗称。

特選

放屁虫に撃られた犬の悶へけり

石崎京子

愚かにも放屁虫にちょっかいをかけてしまった犬。悪臭の強烈な一撃をくらって身悶えている。可哀想だが、滑稽でもあり。「悶《もだ》へけり」の格調ある調べと内容のギャップがユーモラス。

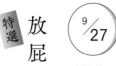

9/28

冷やか《ひややか》

時候

秋になって心身共に感じる寒さの感覚。

特選

レジの吐く正しく冷やかなお釣り

川越羽流

手で釣銭を数えて渡す店など、すっかり少なくなってきた。自動で釣銭が出てくる昨今。正確でスピーディ。確かに便利だが、手にした釣銭は冷ややかで、どこかよそよそしいのだ。

今週学んだ季語を使って一句！

発想のヒント

思い出に残る絵本のタイトルは？

九月

9/29

虫鳴《むしな》く

鳴き交ふや買うて来た虫庭の虫

尾崎紅葉

動物

雄は翅を擦り合わせて求愛の音を出す。

なんとよく鳴き交っていることか、わざわざ買ってきた虫も我が庭の虫たちも……。どちらも変わらぬ美しい声に、一抹の皮肉を感じたか。それとも、ただ無邪気に興じているのか。

9/30

露《つゆ》

病牀の我に露ちる思ひあり

正岡子規

天文

秋に多い。儚さの象徴ともされる。

殊の外愛した百花絵巻を得たときの句というから、陰鬱な思いを詠んだものではないのだろう。が、「露ちる」は死を連想せずにいられない。子規の生涯を思えば、清々しくも切ない一句だ。

「季語の現場で何が起きたか？」

俳句にも少しだけミステリーがあればワクワクします。詩人で小説家の室生犀星に、〈荷物吐く汽車も蜻蛉も駅小さし〉という句があります。殺人事件の調査を依頼された、みすぼらしい探偵が降り立つ田舎の駅が浮かんできます。一句から生まれるドラマを空想しながら詠んでみましょう。

今月、一番気に入った季語を使ってもう一句！

発想のヒント

いつもと違う道を通ってみよう！

七月〜九月のまとめ

秋らしくなってきました。俳句の投句はできましたか？　締め切りは過ぎましたが、ご自身の句を清書しながら、改めて推敲してみましょう。

投句の締め切りは、２０２２年8月15日(月)必着です！

10/1

そぞろ寒《そぞろさむ》

時候

秋、なんとなく感じる寒さ。心理も含む。

そぞろ寒鶏の骨打つ台所
寺田寅彦

秋も深まり、なんとはなしに侘しい寒さを覚えるようになった。特別な日のために、飼っていた鶏を捌いたのかもしれない。台所で鶏の骨を打つ激しい音が、なぜか心に応えるのだ。

10/2

御遷宮《ごせんぐう》

人事

伊勢神宮の行事。御神体を移し替える。

御迁宮只々青き深空かな
田川鳳朗

伊勢神宮の御遷宮の日。二十年に一度の重要な神事にふさわしく、空は見事に晴れている。素木の社殿も神官などの装束も清らかに美しい。「只々青き」に佳き日を祝う思いがあふれて。

10/3

鬼灯《ほおずき》

鬼灯や聴法に行く女の子

岩谷山梔子

植物

朱に色づいた実は子供たちの玩具となる。

鬼灯が赤く色づいている。その鬼灯を鳴らして遊んでいてもおかしくない年頃の女の子が、僧の説法を聴きに行くという。生真面目に大人ぶった表情が、微笑ましく愛らしいこと。

10/4

刈田《かりた》

特選

途中から変わる刈田の高さかな

遊呟

地理

稲を刈った後の田。切り株だけが残る。

稲を刈った後の株の高さが、途中から変わっている。何気ない、でも少し不思議な景だ。あそこから違う人、たとえば子供が刈りでもしたのだろうか……と、興味をかきたてられて。

10/5 特選

猴酒《ましらざけ》

朗らなる馬頭観音猴酒

夏湖乃

人事
猿が蓄えた木の実が雨や露で発酵した酒。

馬頭観音は憤怒の相であることが多いが、この観音様は朗らかな様子だというのだ。とびきり美味い猴酒に酔っておられるのかも。さりげなく「馬」「猴」の字が入っているのも愉快。

10/6 特選

ピーマン

ピーマンに詰める淋しき海馬かな

樫の木

植物
唐辛子の一種。独特の香りがある。

人の記憶をつかさどる海馬という器官。私のその記憶は少し淋しい。中身のない、すかすかのピーマンに淋しい海馬を詰めてみる。淋しさはいっそう募るだけだというのに……。

10/7

砧《きぬた》

惣門は鎖のさされてきぬたかな

森川許六

人事

植物の繊維で作った布などをやわらげる道具。

錠がかけられ固く閉ざされている大きな屋敷の正門。人も疎らな静かな通りには、砧を打つ音だけが響く。秋の深まりを感じさせるその音を、しみじみと哀れ深く聞いている。

今週学んだ季語を使って一句！

発想のヒント

お菓子を詠んでみよう！

十月

10/8

夜長《よなが》

特選

積読を豊かと思ふ夜長かな

木ぼこやしき

時候

秋になると夜が非常に長く感じられる。

あれも読みたい、これも面白そうだと買い漁った本が山積みになっている。秋の夜長、時間はたっぷりある。これから新たに読む本もこんなにある。何と豊かに満ち足りている事だろう。

10/9

懸煙草《かけたばこ》

取る日よりかけて詠《なが》むるたばこかな

宝井其角

人事

採取した煙草の葉を、つるし乾燥させること。

今年も煙草の葉の取り入れ時期がやってきた。収穫した葉を、大切に一枚一枚吊るして干す。煙草の葉が乾燥していく様に興趣を覚えた其角《きかく》は、折々に句を詠んだのだろう。

10/10 祝

梨《なし》

小刀の刃に流るるや梨の水

毛条

植物

果肉は水分も多く甘味、芳香が特徴。

新鮮な梨を小刀でさくりさくりと剥いてゆく。梨は本当にみずみずしくて、刃を流れ伝う甘い雫が手のひらを濡らすほどだ。食べる前から、もう梨の美味さがわかろうというもの。

10/11

黍《きび》

黍の中嚔飛ばして誰か来る

鈴木道彦

植物

米、麦、粟、豆とともに五穀の一つ。

よく育った黍畑の中の道を誰かがやって来る。辺りをはばかることのない豪快なくしゃみを放ったところをみると、中年の男のようだ。秋の爽快な気分と、そこはかとないおかしみと。

10/12

椋の実《むくのみ》

植物

直径一センチほどの卵型の実を結ぶ。

椋の実や一むら鳥のこぼし行く　漢水

甘そうに黒く熟した椋の実。一群の鳥は、この実を好んで食べるという椋鳥か。騒々しく散々ついばんだ後、ほろほろと実をこぼしながら去っていった。辺りにはまた静けさが戻る。

10/13

菩提子《ぼだいし》

植物

菩提樹の実。数珠の玉の材料とされる。

菩提子や人なき所よく落つる　岡井眉

寺によく植えられている菩提樹。数珠の材料ともなる実を、善男善女が拾う。誰もいない所にばかり落ちるようにこちらが思うのは、たくさん拾いたいという欲のせいだろうか。

10/14

海嬴打《ばいうち》

人事

貝殻で作ったばいごまを戦わせること。

海嬴打ちや豆腐切らるる賽の目に

永井龍男

路地から聞こえてくるのは、海嬴打ちで遊ぶ子供たちの声。厨《くりや》では豆腐がきれいな賽の目に切られてゆくところ。もうすぐ美味しい食事が出来上がる。平凡だけれど幸福な日常の一場面。

今週学んだ季語を使って一句！

発想のヒント

動物を観察してみよう！

10/15

秋遍路《あきへんろ》

飛ぶやうに秋の遍路のきたりけり

黒田杏子

人事

秋に四国八十八ケ所の札所を巡ること。

春と同じく、気候の良い秋もまた遍路の季節。作者が「飛ぶやうに」と捉えた秋の遍路の姿は、風のように颯爽とした印象。のどやかな春の遍路とはどこか違って感じられる。

10/16

栗の虫《くりのむし》

特選

穴に腹閊へてくねる栗の虫

いさな歌鈴

動物

栗に卵を産み、幼虫は中で実を食べる。

食べようとした栗に見つけた虫。よく見ると栗の穴に閊《つか》えて身動きできないらしい。必死で身体をくねらせて逃れようとしている姿が可笑しくて、つい俳句にしたくなる。

10/17

銀杏《ぎんなん》

狂ひなく銀杏の実が落ちて罷む

萩原麦草

植物

銀杏《いちょう》が黄葉する頃、熟す丸い実。食用となる。

さりげない句だが、落ちた銀杏の実が少し転がってから、やがて止まる様子が丁寧に描かれている。「狂ひなく」には、あやまたず巡りくる季節への賛辞もまた込められていよう。

10/18

秋澄む《あきすむ》

地と水と人をわかちて秋日澄む

飯田蛇笏

時候

秋の清澄な大気では、よく見えよく聞こえる。

大地と水面の境がくっきりと見えるほど、澄みきった秋の日。その大きな景色の中のちっぽけな人もまた確かな存在感。風の音や雲の動きも際立ってくるような、そんな秋の日である。

10/19

晩稲刈《おくてがり》

片頬なる日のやはらかに晩稲刈

軽部烏頭子

植物

遅く成熟した稲を刈ること。

秋も深まってきた頃、ようやく実りを迎えた晩稲を刈る。片頬だけにずっと射している陽も、だいぶん柔らかに感じられるようになった。爽やかな風の中、作業もはかどりそうだ。

10/20

狼の祭《おおかみのまつり》

狼の祭や星の青き飛ぶ

島田五空

時候

中国の七十二候による、想像上の季語。

「狼の祭」は狼が獲物を祭るように並べるという伝承にちなむ七十二候の一つ。実景ではないが、誰しも狼の姿を連想するだろう。青白い星の光との対比が硬質な叙情を生んで美しい。

10/21

秋の水《あきのみず》

地理

川・湖・池などの、澄みわたった秋季の水。

特選

手押しポンプふこふこ秋の水跳ねぬ
八神てんきゅう

「ふこふこ」というオノマトペが魅力。ハンドルを押すたび、確かに「ふこふこ」とした手応えと音がする。静かな印象の強い秋の水も、この句では生き生きと楽しそうに弾んでいる。

今週学んだ季語を使って一句！

発想のヒント

5年前の写真をみてみよう！

10/22

新米《しんまい》

特選

外つ国の選挙のニュース今年米

多喰身・デラックス

人事

今年新しく収穫した米のこと。

テレビでは外国の選挙のニュースが放映されている。ふーん、なるほど……と画面を観てはいるものの、この炊き立ての新米の美味いこと！　ついつい食べることに夢中になって。

10/23

残菊《ざんぎく》

谷ふかく残菊匂ふ在所かな

渋谷幽軒

植物

陰暦九月九日の菊の節句以降の菊をいう。

深い谷間の小さな村。人も少ない在所に残菊が匂うのが、哀れ深い趣だ。どこか懐かしいようなその香りに、しみじみと秋の深まりを思う。静かな菊日和の景を格調高く詠んだ句。

10/24

菊膾《きくなます》

特選

ひとり子の従姉が喪主や菊膾

でんでん琴女

人事

食用の菊の酢の物。色、香り、歯触りよし。

精進落としの場面か。一人っ子である従姉が悲しみを堪えて喪主を務めている姿に、胸が詰まる。用意された料理の膳には菊膾。その鮮やかな色に、切ない思いがいっそう増すようで。

10/25

雀蛤となる《すずめはまぐりとなる》

雀蛤となるべきちぎりもぎりかな

河東碧梧桐

時候

中国の七十二候による、想像上の季語。

想像上の不思議な季語と弾むような調べが楽しい。「契り」か「千切り」か、「もぎり」は「捥《も》ぎり」か。遊ぶ雀が蛤に化すごとく、言葉が弾んで不思議な呪文になったような一句。

10/26

夜学《やがく》

夜学けふ蒼々として海深図

内田慕情

人事

夜間に学校で学ぶこと。夜、学問をすること。

今日の夜学の授業は地理。水色、紺青、群青、藍色、コバルトブルー、ネイビーブルー……広げられた海深図は、様々な蒼に満ちて美しい。学ぶことへの静かな喜びが色となったように。

10/27

敗荷《やれはす》

特選

敗荷は風に座礁のごと軋み

柚木みゆき

植物

青々とそよぐ蓮は、秋に枯れ破れる。

ぼろぼろに敗れて色褪せた蓮の葉が、風に吹かれるたびに侘しく軋む。「座礁のごと」という措辞は的確にその様子を捉えていると同時に、実景を超えた純な詩へと敗荷を昇華させた。

10/28

鰯引く《いわしひく》

人事

引網を引いて鰯を獲ること。

引き上げて平砂を照らす鰯かな
村井白扇

白扇は江戸中期の人。当時盛んであった地引網漁の景か。引き上げた網には無数の鰯がぴちぴちと跳ねている。活きのいい鰯は、平らかな砂地を照らすかの如く、しろがね色に輝いている。

今週学んだ季語を使って一句！

発想のヒント

気になっている本のタイトルは？

10/29

鶸《ひわ》

動物

鶸色の雀よりすこし小ぶりな鳥。

砂丘よりかぶさって来ぬ鶸のむれ

鈴木花蓑

何かに驚いたか、砂丘の向こうから一斉に鶸の群れが飛び立った。一羽一羽は小さく愛らしい鳥だが、まるで大きな波がうねりかぶさってくるようだ。その迫力にたじたじとなってしまう。

10/30

柚味噌《ゆみそ》

人事

熟した柚子の皮をすりおろし練味噌に混ぜる。

青き葉をりんと残して柚味噌かな

岩田涼菟

中身をくりぬいた柚子を器として使っているのだろうか。柚子は果実だけではなく、葉もまた良い香りがする。鮮やかな緑の色合いと清々しい香りが「りんと」という言葉になって。

冷《すさ》まじ

冷まじや吹出づる風も一ノ谷
椎本才麿

時候
晩秋の冷気が強まった感じ。心情的。

一ノ谷といえば源平合戦の古戦場。源義経の奇襲、平敦盛の悲劇的な最期……はるかな平安末期の戦に思いを馳せる。晩秋の冷え冷えとした風が吹き始めた。一ノ谷にも吾が心にも。

今月、一番気に入った季語を使ってもう一句！

発想のヒント

木の実を拾いにいこう！

十一月の季語

11/1

薬掘る《くすりほる》

人事

山野に分け入って自生の薬草を採取すること。

ほらねども山は薬のひかりかな　小西来山

茜、竜胆《りんどう》、千振《せんぶり》、苦参《くらら》などなど。採取に来たわけではないが、どれも山の大切な宝。この可憐な草花が貴重な薬草となるのだ……そんな思いが「ひかり」という美しい語になった。

11/2

秋寂ぶ《あきさぶ》

時候

秋が深まり、ものの生気や活気が失われゆく。

秋の世の寂びたる中や鳩の声　足彦

風の気配も空の色も晩秋の寂しさを感じさせるものばかり。そこに聞こえるのが雁《かり》の声や虫の音ではなく、鳩の声だというのが意外。秋寂ぶ風情と、のんびりした鳩の声の対比が面白い。

11/3 祝

新松子《しんちぢり》

植物

その年にできた松笠のこと。青松毬《あおまつかさ》とも。

新松子野点の釜を煙らしぬ

青木月斗

あまり格式張らない野点《のだて》の席。充分に枯れきらない新松子を戯れに釜へ放り込んだものか。上手く燃えるはずもなく、やたら煙が出るばかり。しかし、これもまた一興だと笑い合って。

11/4

網代打《あじろうち》

人事

川の瀬に竹や木で魚を獲る仕掛けを作ること。

網代木に打込むや我が影法師

高城都雀

鮎の稚魚（氷魚）を獲る漁期に備え、網代木を川瀬へ打ち込む。渾身の力を込めて行う作業は、我が影法師もろとも打ち込んでいるようだ。冬も近い冷え冷えとした空気の中を一心に。

11/5

冬浅し《ふゆあさし》

特選

廃液の澱の真白や冬浅し

石田直輝

時候

冬に入ったばかりの頃。寒さはこれから。

廃液、しかも澱《おり》ときけば、どんよりと薄汚れた色を連想する。それが真っ白だという。本格的に寒くなる前の中途半端な季節。鮮烈な白さがかえって物悲しい気分にさせる。

11/6

黄落《こうらく》

黄落や或る悲しみの受話器置く

平畑静塔

植物

銀杏などの黄色く色づいた葉が落ちること。

「或る」には、少し離れて静かに悲しい心を見つめているような気配がある。そっと受話器を置くと、目に入る黄落の色。その明るさに、悲しみは次第に浄化されてゆくかと思えて。

11/7

初冬《はつふゆ・しょとう》

時候

十一月頃。まだ晩秋の気配も残る。

初冬や御所のかはらけ焼く在所

中川四明

「かはらけ」は素焼きの土器。儀式や祭祀などによく用いられた。この里では、御所に献上する土器を焼いているのだろう。初冬の陽に次々と出来上がってゆく土器。在所が賑わう。

今週学んだ季語を使って一句!

発想のヒント

道に落ちている葉の名前を調べよう!

11/8

大根《だいこん・だいこ》

特選

両肩の大根砲弾のごとく太し

クラウド坂の上

植物

煮ると柔らかく美味で料理に多用される。

大根と砲弾。肩にかつげば、どちらも太くてずしりと重い。が、大根は平凡で平和な暮しの象徴のようなもの。不穏な武器である砲弾との対比によって、大根の白の清らかさが際立った。

11/9

大根洗《だいこんあら》ふ

大根を水くしやくくにして洗ふ

高浜虚子

人事

畑から引き抜いてきた大根を洗うこと。

調理のために一本だけ洗うのではない。引き抜いてきた大根をまとめて洗うのだ。水が勢いよく跳ね散るさまや、ごしごし洗う腕の動きが「くしやくしや」に活写されている。

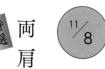

11/10

茶の花《ちゃのはな》

茶の花も崖も静かにこぼれゐる

水原秋桜子

植物

金色の蘂をもつ白い五弁の小さな花。

冬晴の日。ほっと力を弛めたように茶の木から花は静かにこぼれ、崖からは土や小石がほろほろこぼれる。「けり」ではなく「ゐる」とあることで、より日差しの穏やかさが感じ取れる。

11/11

木菟《ずく》

青天に飼はれて淋し木兎の耳

原石鼎

動物

梟と同種類の猛禽だが、頭部に耳羽を持つ。

青天がそこに見えていても自在に飛ぶことは許されない。愛らしい木兎の耳も、淋しいものに見える。鳥の自由を奪っていることへの胸の痛みがそう思わせるのかもしれないけれど。

11/12

特選

日向ぼこ《ひなたぼこ》

人事

冬は日射が恋しい。短い日向に身を温める。

永らへて宿なし猫と日向ぼこ

鹿沼湖

日向ぼこと猫の取合せはド定番。凡句と差をつけたのは「永らへて」に込められた余裕ある自嘲と「宿なし猫」の可笑しみ。長生きして野良猫と日向ぼこの人生もそう悪くはないよ……と。

11/13

風邪《かぜ》

人事

鼻水、咳、喉の痛み、熱などの諸症状を伴う。

壁うつす鏡に風邪の身を入るる

桂信子

「壁うつす鏡」は物の少ない冷え冷えした部屋を思わせる。その鏡に全身を映すように立つ。風邪のために少し気怠い。いつか吾が身が鏡へ入り込んでしまうような思いに誘われて。

11/14

紅葉散る《もみじちる》

植物

紅葉した木の葉が散ってゆくこと。

雲早し水より水に散るもみぢ　宮紫暁

風が強い。雲の流れは早く、しきりに紅葉が散る。水の流れもまた早く、散った紅葉が飛沫とともに跳ね上がり、また水へと散ってゆく。澄んだ水に紅葉の赤や黄の色が鮮やかに踊る。

今週学んだ季語を使って一句！

発想のヒント

冬の匂いはどんな匂い？

11/15

七五三《しちごさん》

七五三妊婦もつとも美しき

人事

三歳と五歳の男児、三歳と七歳の女児の祝い。

佐藤鬼房

今日は七五三。大きな寺や神社には晴れやかに着飾った家族の姿があふれている。ひときわ美しいのは、とある妊婦。小さな命を宿したその人の、幸福に満ちた微笑がまぶしいほど綺麗だ。

11/16

冬牡丹《ふゆぼたん》

ひうひうと風は空ゆく冬ぼたん

植物

本来の花期をずらして冬に咲かせた牡丹。

上島鬼貫

「ひうひう」と大空をゆく北風は、肌に痛いような冷たさ。地上では藁囲いに守られた冬牡丹がちょうど見頃だ。初夏に咲く牡丹に劣らぬ艶やかさだが、少し小ぶりなところが愛らしい。

11/17

木の葉散る《このはちる》

植物

木の葉が散ること。閑寂な風雅がある。

純粋に木の葉ふる音空は瑠璃

川端茅舎

空気は玲瓏と引き締まり、静まりかえった中を木の葉の降る音だけが聞こえる。空もまた瑠璃《るり》を張り詰めた如き色。まるでこの景色そのものが一つの宝玉の中に在るような、美しい一句。

11/18

猟犬《りょうけん》

人事

狩猟のための犬。秋田犬、柴犬など。

特選

先代の猟犬の墓を通り過ぐ

世良日守

猟犬を連れて山へ向かう。途上の小さな墓は、この犬の前に飼っていた猟犬のもの。賢くていい犬だった。通りすがり、ちょっと手を合わせる。懐かしい鳴き声を聞いたような気がした。

11/19

鴛鴦《おしどり》

横ざまに鴛のながるる早瀬かな

五升庵蝶夢

動物

雌雄異色で雄はカラフルなカモ目の水鳥。

「鴛」は雄、「鴦」は雌の鴛鴦を指す。早瀬を横ざまに流れてゆくのは、雄の鴛。近くに雌もいるはずだが、姿がない。一羽で流される鴛がいかにも頼りなげなのに、お構いなしに川は奔《はし》る。

11/20

セーター

特選

いいとこの子のやうなセーターを着て

小倉幹弘

人事

毛糸で編んだ衣服。カーディガンも含む。

手の込んだ編地か、ふわりと上等な素材か。「いいとこの子」が着てそうなセーターを身につけ、ちょっと得意な反面、気恥ずかしくもある。……俺、似合っていないんじゃないかなぁ。

11/21

寒き夜《さむきよる》

時候

寒さのとりわけきびしく感じられる冬の夜。

寒き夜の夫との間《あひ》の畳の目

山口波津女

この句からは他の家族の気配は感じられない。夫婦二人で過ごす寒い夜。けれど、ひたと寄り添っているわけではない。うつむくと二人の間の畳の目が、冷たいほどくっきりと見える。

今週学んだ季語を使って一句！

発想のヒント

湯気を観察してみよう！

11/22

浮寝鳥《うきねどり》

浮寝鳥一羽さめゐてゆらぐ水

水原秋桜子

動物

水に浮いたまま寝る鳥。渡り鳥が多い。

たくさんの水鳥が水に身を任せて眠っている。中の一羽だけが目覚めているらしく、しきりに首を伸ばしたりなどする。その度に静かな水が揺らぐ。何気ない景を素早く捉えた。

11/23 祝

冬木立《ふゆこだち》

冬木だち月骨髄に入る夜かな

高井几董

植物

冬木が寒々と立ち並んでいるもの。

葉を落としきった冬木立には人通りもない。枝々も幹も鋭い月光に怖ろしいほど剥き出しになっている。見ているだけで、我が骨の髄にまで冷たい月の光が沁みとおるような夜だ。

11/24

夜興引《よこびき》

人事

冬の夜、獲物を獲るため犬を連れて山に入る。

夜興引やそびらに重き山刀

寺田寅彦

寒くないよう充分に身支度を整え、夜の猟へと出かける。犬は早くも勇み立っているようだ。背中には長年使い込んだ山刀が一丁。その確かな重さが、気持ちをぐっと引き締める。

11/25

梟《ふくろう》

動物

夜行性の鳥。知恵の象徴としても扱われる。

ふくろうのふの字の軽さああ眠い

宇多喜代子

「ふくろう」と口にする。なるほど「ふ」という字は、ふわっと軽い。そこから意表をついて「ああ眠い」という着地。童謡のような呪《まじな》いのような、不思議な軽やかさを味わいたい。

11/26

冬帽子《ふゆぼうし》

癆《ろう》咳《がい》の頬美しや冬帽子

芥川龍之介

人事

冬用の帽子。防寒帽や毛糸の帽子など。

蛇笏の「死病得て爪美しき火桶かな」に影響を受けた句だという。冬帽子の女性か、あるいは若い男かもしれない。結核のため透き通るように白い肌に、仄かな血の色。危うい美しさだ。

11/27

襟巻《えりまき》

襟巻の眼ばかりなるが走りよる

五百木飄亭

人事

寒さを防ぐために首に巻くもの。マフラー。

寒い日だ。襟巻にすっぽりと顔を埋め、走ってゆく人がいる。鼻も口も耳も隠れて、眼だけがいやに目立つ。やや大仰な「眼ばかりなる」と「走りよる」のくだけた調子が微笑を誘う。

11/28

革手袋《かわてぶくろ》

人事

手や指を寒さから防ぐために用いる。

月光が革手袋に来て触るゝ

山口青邨

硬質な叙情を感じる一句。冬の月も革の手袋も冷ややかに美しい。「来て」「触るゝ」と丁寧に詠んだことによって、月光の動きがスローモーションで脳内に再生されるかのよう。

今週学んだ季語を使って一句！

発想のヒント

なくしてしまった物はどんなもの？

11/29

河豚《ふぐ》

鈍の面《つら》世上の人を白眼《にら》むかな

与謝蕪村

動物

肝臓と卵巣に猛毒を持つ。淡泊で美味。

江戸期、河豚の毒はよく知られており、建前上は食べることが禁止されていたという。それでも美味いから食べたい。「俺を食って死んでもいいのかい？」世間の人を睨むような河豚の眼。

11/30

炭火《すみび》

或夜半の炭火かすかにくづれけり

芥川龍之介

人事

木炭でおこした火。火鉢など暖をとった。

後半のひらがな表記に、炭火の崩れるかそけき様が見えてくる。おそらく数分後にはもう忘れられてしまう「或夜半」の些細な出来事が、いわば時間を超えた画として詠み留められた。

「俳句脳に切り替えるのも年用意」

年用意とは、新年を迎えるための買物や、掃除や、餅搗きや、松の内の料理など、すべての用意をいう季語です。同じ山を見ても、去年の山と今年の山では気分が違います。この違いを見分けるために、頭の煤払い、心の大掃除、五感もしっかりと年用意して、俳句新年を迎えましょう！

今月、一番気に入った季語を使ってもう一句！

発想のヒント

習慣で一句！

十二月の季語

12/1

白息《しらいき》

人事

寒い日、外に出たときに吐く息が白く見える。

未完成の船の奥にて白息吐く

西東三鬼

「奥」とあるので、ある程度の大きさのある船だろう。まだ設備など何も整っていないから、薄暗くて寒い。何か話すたびに言葉は白い息になって宙に消える。完成はまだ先のようだ。

12/2

鳰《にお・かいつぶり》

動物

留鳥だが冬目立つ。水に潜るのが巧み。

鳰潜るいくたびも富士見て潜る

朗善千津

鳰が幾度も潜っては浮かぶ。富士を見てはまた潜る。「潜る」の繰り返しが効果的にその情景を描いている。愛らしい鳰と富士の威容を飽かず見ている作者の姿もまた二重写しに見えて。

12/3

竜の玉《りゅうのたま》

植物

竜の髭という植物に実る、美しい碧色の実。

亡師ひとり老師ひとりや龍の玉

石田波郷

既に亡くなった師がいる。年老いた師がいる。自分にとっては、この二人こそが師なのだ……竜の玉の凛と美しい瑠璃色。それは作者の胸に在る、古郷と秋桜《しゅうおう》子《し》への敬慕の色なのだろう。

12/4

ふくと汁《ふくとじる》

人事

河豚の身を葱や豆腐などと煮た味噌汁。

あら何ともなや昨日は過ぎて河豚汁

松尾芭蕉

昨日食べた河豚は美味かったが、毒に当たりはしないかと、それはそれは心配だった。一晩過ぎたが、ああ嬉しや、どこも何ともないよ……。「あら何ともなや」に安堵の気持ちが溢れて。

12/5

狸汁《たぬきじる》

人事

狸の肉を野菜と煮て、味噌味等で食する。

狸汁座中の一人ふと消えぬ

佐藤紅緑

これが粕汁や根深汁なら、誰かが座を外しても気にも留めない。狸汁だから、ただ席を立っただけなのに「ふと消えぬ」と感じ、妙に気がかりなのだ。一体どこに行ったのやら……。

12/6

枯蔓《かれづる》

植物

蔓性の植物の類が枯れている状態。

凝然と豹の眼に枯れし蔓

富沢赤黄男

身じろぎもしない豹の眼に映っているのは枯れはてた蔓。凍りついたように時は止まり、何もかも永遠に静止したままの世界であるかのよう。豹の眼は、そのまま作者自身の眼なのだ。

12/7

白菜《はくさい》

洗ひ上げ白菜も妻もかがやけり

能村登四郎

植物

貯蔵性にすぐれ漬物や鍋物などに適している。

洗い上がった白菜を見、そしてその白菜を洗い終えた妻を見た瞬間の、はっとするような思いが「かがやけり」に表れている。きっぱりと潔い美しさへの手放しの賛歌が気持ち良い。

今週学んだ季語を使って一句！

発想のヒント

今年の嬉しかったことは？

12/8

臘八《ろうはち》

特選

臘八やさびさび背骨なくやうな

常幸龍BCAD

人事

臘八会のこと。不眠不休の座禅修行。

十二月一日から八日まで行われる不眠不休の座禅修業。過酷な修行に背骨も軋むように痛むだろう。「さびさび」が「錆び」「寂び」のニュアンスをも含んで、不思議に実感のあるオノマトペ。

12/9

焼芋屋《やきいもや》

特選

星座ひとつおまけにくれよ焼藷屋

村上無有

人事

呼び声をあげて焼芋を売る。石焼きが多い。

今どきなら軽トラの焼芋屋か。拡声器で売り声を流して。熱々の焼芋の美味さに変わりはない。思わずおまけに欲しくなるような星座の美しさと、俗な焼芋の対比が意外で楽しい。

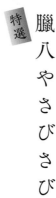

12/10

年木樵《としきこり》

人事

新年にたく薪を山から切り出すこと。

おとろひや小枝も捨ぬ年木樵

与謝蕪村

自分もすっかり衰えてしまったものだ。年用意の薪の伐《き》り出しもはかどらず、以前なら見向きもしなかった小枝も捨てられない……。「おとろひや」という出だしにやるせない自嘲が滲む。

12/11

裸木《はだかぎ》

植物

冬に落下し尽くした落葉樹のこと。

裸木に太陽ひっかかっているよ

夏井いつき

青空にくっきりと浮かぶ裸木。その枝に引っ掛かったかのような冬の太陽。鋭い線と抑えた色数で描かれた一枚の絵を見るようだ。「〜ているよ」という口語の語りに軽い驚きが表れて。

12/12

囲炉裏《いろり》

大原女の足投げ出してゐろりかな

人事

床を切り、炭や薪で暖をとったり煮炊する場。

黒柳召波

一日中、薪や柴を頭に乗せて売り歩いてきた大原女《おはらめ》。京の冬は寒い。体は冷え、疲れ切っている。棒のようになった足を投げ出し囲炉裏端で憩う。その火が身も心もゆっくり暖めてくれる。

12/13

鉢叩《はちたたき》

暁の一文銭やはちたたき

人事

空也堂の僧が洛中洛外を巡り念仏を唱えた。

炭太祇

炭太祇は江戸期の人。当時の「暁」は夜が明ける前の、まだ暗い時間帯だ。半僧半俗の者たちが夜を徹して行なう鉢叩の寒行。せめてもの心づくしの一文銭を喜捨《きしゃ》するのである。

12/14

綿入《わたいれ》

人事

表布と裏布の間に綿を入れた防寒用の衣類。

綿入や妬心もなくて妻哀れ

村上鬼城

妻が着ているのは実用一点張りの綿入だろう。贅沢に装うこともなく、誰かを妬むこともない。綿入れのように素朴でつつましい。そんな妻をしみじみと哀れにも愛おしくも思う。

今週学んだ季語を使って一句！

発想のヒント

今年の漢字で一句！

12/15

草枯《くさがれ》

ゆたかなる草枯しきて都府楼址

田村木国

植物

冬になって周囲の草が枯れているさま。

礎石などが僅かに残るだけの都府楼址《し》。冬の草は枯れていながらも豊かにその跡地を覆う。都府楼の盛時は還るべくもないけれど、草はやがてまた青々と生い立つ。その対比が印象的。

12/16

深山樒《みやましきみ》

世の色に遁れぬ太山樒かな

坡雲

植物

冬真っ赤に熟す有毒植物。樒とは別物。

冬も深まる頃に真っ赤に熟す実。毒を持っているのだから、本当は摘まれることのないようひっそり隠れていたいのかもしれない。けれど、その色は世に遁《のが》れようもない鮮やかさなのだ。

12/17

寒の水《かんのみず》

特選

防災のバケツに足すや寒の水

京あられ

地理

寒中に汲む水。酒造りなどに良い。

「防災バケツ」という現代的かつ散文的な言葉と伝統的な季語との出会いが面白い。バケツに足すのが「寒の水」だと思えば、何やら特別なものに思えてくる。いざという時にも頼れそうだ。

12/18

冬灯《ふゆともし》

特選

冬灯ファミレスに寄る酔い醒まし

花政

人事

寒さ厳しい中、冬の灯は暖かく慕わしい。

こんな深夜にも営業しているありがたいファミレス。いつの時代も、寒夜の灯りに心がぬくもることに変わりはない。さて、あそこでコーヒーでも飲んで少し酔いを醒まして帰ろうか。

十二月

12/19

湯ざめ《ゆざめ》

人事

湯上りに冷たい空気にあたって体が冷える。

湯ざめして或夜の妻の美しく

鈴木花蓑

湯冷めした妻が身を竦《すく》めながら何か羽織っているのだろうか。日頃あまり見たことのない仕草や表情が、夫の目に新鮮に映る。口に出しては言わないが、妻を美しいと思う「或夜」である。

12/20

毛皮《けがわ》

人事

防寒のため羽織る。大変高級なものも。

毛皮夫人にその子の教師として会へり

能村登四郎

豪華な毛皮に身を包んだ教え子の母親と向き合う一介の教師。「毛皮夫人」という語からは、固くよそよそしい気持ちが感じられる。その子の教師でなければ、話すこともないだろう人だ。

12/21

火鉢《ひばち》

人事

金属、陶器、木などで作られた暖房用調度品。

火鉢抱いて瞳落とすところ只畳

原石鼎

火鉢を抱くように背を丸めて、独り座っている。ぼんやりと目を落とすところには、ただ畳が冷ややかにあるばかり。こうして火鉢を抱いていても、身も心も寒々としたままなのだ。

今週学んだ季語を使って一句！

発想のヒント

今年の我が家の三大ニュースは？

12/22

冬至《とうじ》

時候

二十四節気の一つ。一年で昼が最も短い。

疎かりし隣に遊ぶ冬至かな

大須賀乙字

さほど親しいわけではない隣人とどんな遊びをしたのか。冬至らしい料理に舌鼓を打ったか、風雅に楽器を奏したか、もしかしたら句作を楽しんだのか。冬至の日は早々と暮れてゆく。

12/23

初雪《はつゆき》

天文

その年、その土地に初めて降った雪のこと。

特選

初雪や母の形見は父の文

戌の箸置

亡母の遺品を整理していると、父から母に宛てた手紙が出てきた。母にとっては高価な宝石などより大切なものだったに違いない。折しも降っている初雪のように、純な心根がいじらしい。

12/24

橇《そり》

橇がゆき満天の星幌にする

橋本多佳子

人事

雪や氷の上をすべらせて人や荷物を運ぶ。

夜道をゆく橇。満天の星をその幌《ほろ》にするという発想が、こよなく美しい。よく晴れているだけに、かえって冷え込みは厳しい。でも、こんな素晴らしい幌があるなら雪道も苦ではなかろう。

12/25

歳末《さいまつ》

歳末の銀座の犬に無き食慾

長谷川かな女

時候

暮れも押しつまった頃をいう。

この句が詠まれた当時、野良犬は珍しくなかった。今日の飢えを既に満たしたのか、食欲もないほど衰えているのか。銀座という華やかな場所とみすぼらしい犬の対比が哀れを誘う。

十二月

12/26

古暦《ふるごよみ》

古暦水はくらきを流れけり
久保田万太郎

人事

新しい暦が配られると手元の暦が古く見える。

昏きを流れゆく水は、現実の川や水路の景か。あるいは時の流れの中の我が身や人の行方を想ったものか。もうすぐ役目を終える今年の暦を眺めながら、ふと歳晩の感慨にふける。

12/27

寒星《かんせい》

特選

寒星や警察音楽隊美美し
かつたろー。

天文

冬の星の傍題。冴え冴えと輝く。

冬の夜の警察音楽隊のコンサート。揃いの制服の金モールや釦《ぼたん》、伸びた背筋、真剣な顔、きびきびとした動作、そして手にした楽器……どれも美しい。凛々と冴ゆる星にも劣らぬほどに。

12/28

雪沓《ゆきぐつ》

人事

雪中を歩くために履く藁製の沓のこと。

特選

南座へ雪沓急ぐ夕べかな

巴里乃嬬

「南座」という固有名詞が活きている。本当は和服に合わせた上品な草履で行くはずだったのに、生憎のこの雪。時間も迫っている。もう雪沓で急ぐしかない……と開き直って。

今週学んだ季語を使って一句！

発想のヒント

大掃除は誰とする？

12/29

餅配《もちくばり》

田を斜にわたつてかへる餅配

飴山實

人事

搗《つ》いた餅を親類、近隣の家などに配る習わし。

ご近所さんへ、親戚へ、搗いたばかりの餅をひととおり配り終えた。田んぼを斜《はす》に突っ切って帰れば近道だ。冬の里の、そんなありふれた一場面が確かな実感を持って描かれた一句。

12/30

初氷《はつごおり》

特選

初氷ふにゃふにゃするな十五歳

夢実

地理

その冬初めて氷が張ること。また、その氷。

この冬初めて氷が張って、身の引き締まるような寒さ。だのに、うちの十五歳ときたら相変わらずずっと頼りない。「ふにゃふにゃするな！」と喝を入れても、返事もふにゃり。まったく、もう。

12/31

除夜《じょや》

時候

大晦日の夜のこと。一年の最後の夜。

この人は眉を匂はせ除夜を来ぬ　松村巨湫

除夜であるから、寺で出会った女性だろうか。整えた眉が匂いたつように美しい。「この人は」と念押しするような言い回し、どうやら他の女性の存在はすっかり霞んでしまったらしい。

今月、一番気に入った季語を使ってもう一句！

発想のヒント

今年の自分を振り返って一句！

十月～十二月のまとめ

2022年もいよいよ終わり。今年作ったすべての句の中から、「2022年 私のベスト3句」を選んで、その句に◎をつけましょう。『2023年版 夏井いつきの365日季語手帖』もお楽しみに。来年は、この3句を超える句を作ることを目標に、俳句の世界を一層楽しんでください。

投句の締め切りは、２０２２年8月15日（月）必着です！

おわりに

一年間、この本を身近において俳句を楽しんでいただけましたか。
季語の豊かさを知ること、俳句のある生活を送ることで、
日常に潤いは生まれたでしょうか。
毎週一句を一年続ければ、それは週間日記です。
さらに五年、十年と続けていけば、
それは自分史となり家族史となっていきます。
自分の生の証、家族と過ごした記録として、
俳句は生き続けてくれます。
『３６５日季語手帖』では、暦で味わった
季語を使った俳句を募集しています。
優秀な句は、『２０２３年版 ３６５日季語手帖』にて発表します。

特に優秀な句は、暦の句として採用されますので、乞うご期待！
投句は郵便ハガキで受け付けています（詳細は232ページ）。
これぞと思う力作をお待ちしています。
来年のご健吟を祈りつつ、
佳いお年をお迎えください。

〔お詫び〕
『2023年版 365日季語手帖』へのインターネットでの投句におきましては、システムエラーのために一部の投句期間に該当の皆様に再投句をお願いするという不手際がありましたこと、誠に申し訳ございませんでした。また、対象の皆様には再投句のご協力を頂きまして心よりお礼申し上げます。
今後は、同様のご迷惑をおかけすることのないよう、また、皆様に平等の環境でご参加いただけるよう、郵便ハガキのみでの投句募集という以前の方法に戻すこととなりました。引き続き『365日季語手帖』をどうぞよろしくお願いいたします。

投句方法

［応募方法］
郵便ハガキを使用して郵送で応募。
1枚のハガキで1作品の応募となります。

※下記の記載事項にご注意の上、記入漏れのないようご投句ください。

［締め切り］
2022年8月15日（月）必着

［入賞発表・入賞賞品］
発表：2022年12月下旬発売予定の『2023年版 夏井いつきの365日季語手帖』に掲載予定。
賞品：暦の俳句として掲載された方へのみ発売日以降に、『2023年版 夏井いつきの365日季語手帖』を1冊謹呈します。

注意①
郵便ハガキにてお申し込みください。

注意②
2022年8月15日（月）必着。
締め切りに間に合わせましょう！

ハガキ表

郵便ハガキ

63円

790-0921

愛媛県松山市
福音寺町 553-2-904

株式会社
夏井＆カンパニー
「季語手帖 365」係　行

1 郵便番号　2 住所　3 氏名
4 電話番号　5 年齢

注意③
1～5の必要事項を不足なく楷書ではっきりと明記の上ご応募ください。

※記載に不備があった応募は、選句候補となりません。

［選者］夏井いつき

※入賞結果の通知は書籍の発売をもってかえさせていただきます。
※句、俳号（または氏名）が掲載されます。

◆権利規定・注意事項　入賞作品の著作権（著作権法27条及び28条の権利を含む）は著作者に帰属いたしますが、『2023年版 夏井いつきの365日季語手帖』での利用及び著者、出版社等が宣伝広告のために自由に利用できる権利を許諾していただきます。応募作品が第三者の著作権、知的財産権を侵害していないこととします。未発表のオリジナル作品に限ります。

◆免責事項　諸事情で『2023年版 夏井いつきの365日季語手帖』が発売されない場合は、発行元の公式ホームページでの掲載となります。
https://raisoncreate.co.jp

◆応募票の個人情報について　応募票に記載いただく個人情報は、賞品などの送付のために必要な範囲で使用させていただきます。また、このため業務委託会社に情報を開示する場合があります。個人を特定することができないよう統計的に加工・分析したうえで、利用させていただく場合があります。入賞発表、書籍、作品展に展示、広告に使用する作品などには応募者の俳号（または氏名）や都道府県名を明示させていただきます。

注意④

『2022年版 夏井いつきの365日季語手帖』に掲載された「月日」と「季語」を明記し、その季語を使用した一句をご投句ください。季語は、傍題ではなく暦に掲載されたものをそのまま使用すること。なお、「誌面に掲載する際の俳号または氏名」には必ずふりがなをつけ、楷書ではっきりと明記してください。複数ご投句される場合は、掲載名を同じものにそろえてください。

※本誌掲載以外の季語を使用した句、その他不備があった応募は、選句候補となりません。

ハガキ裏

月日

季語
※暦に掲載の季語のみ

掲載用の俳号または氏名
※ふりがな必須

投句作品（ハガキ一枚につき一句）
※楷書ではっきりと　※未発表作品に限ります

メッセージのある場合は、こちらのスペースをご利用ください。（任意）

参考資料

『図説　俳句大歳時記　春』角川書店、１９６４年
『図説　俳句大歳時記　夏』角川書店、１９６４年
『図説　俳句大歳時記　秋』角川書店、１９６４年
『図説　俳句大歳時記　冬』角川書店、１９６５年
『図説　俳句大歳時記　新年』角川書店、１９６５年
『カラー版　新日本大歳時記　春』講談社、２０００年
『カラー版　新日本大歳時記　夏』講談社、２０００年
『カラー版　新日本大歳時記　秋』講談社、１９９９年
『カラー版　新日本大歳時記　冬』講談社、１９９９年
『カラー版　新日本大歳時記　新年』講談社、２０００年
『カラー図説　日本大歳時記　愛用版　春』講談社、１９８９年
『カラー図説　日本大歳時記　愛用版　夏』講談社、１９８９年
『カラー図説　日本大歳時記　愛用版　秋』講談社、１９８９年
『カラー図説　日本大歳時記　愛用版　冬』講談社、１９８９年
『カラー図説　日本大歳時記　愛用版　新年』講談社、１９８９年
『角川俳句大歳時記　春』２００６年
『角川俳句大歳時記　夏』２００６年
『角川俳句大歳時記　秋』２００６年
『角川俳句大歳時記　冬』２００６年
『角川俳句大歳時記　新年』２００６年
『日本の詩歌30　俳句集』中公文庫、１９７６年
『現代一〇〇名句集7』東京四季出版、２００５年
『現代俳句の世界6　中村草田男集』朝日文庫、１９８４年
『現代俳句の世界7　石田波郷集』朝日文庫、１９８４年
『現代俳句の世界16　富澤赤黄男　高屋窓秋　渡邊白泉集』朝日文庫、１９８５年
平井照敏『現代の俳句』講談社学術文庫、１９９３年
佐川　和夫篇『名俳句一〇〇〇』ぶんりき文庫、２００２年
夏井いつき『句集　伊月集　梟』朝日出版社、２０２０年
渡部州麻子『句集　黒猫座』マルコボ・コム、２００７年
加根兼光『句群ｏｐ．１　半過去と直説法現在として、あること』マルコボ・コム、２０１４年
黒田杏子『花下草上』角川書店、２００５年
黒田杏子『新装版　木の椅子』牧羊社、１９９０年
宇多喜代子『句集　森へ』青磁社、２０１８年
宇佐市民図書館編『横光利一句集』宇佐市役所、２０１８年

結果発表

投句いただいた作品から、
秀作・佳作・もう一歩だった作品をご紹介！
※作品掲載にあたり、原則としてルビはふっておりません。
※掲載名は五十音順に記載しています。
（投句の際に掲載名にふりがな記載のなかった場合は、おおよその順番となっています。）

秀作

松手入れ地軸の傾きそこなはず　愛燦燦
電柱を目安に曲がる雪の径　青木豊実
亥の子餅もろた受け入れてもろうた　青野遊飛
オルゴールの切れの悪くて花の夜　青野遊飛
初春の沖に海神立ちにけり　蒼鳩薫
はきはきと稜線結ぶ初日かな　蒼鳩薫
男雛のみ折り直したる雛納　明惟久里
ぷちと切る止血の輪ゴム石榴裂く　明惟久里
をんな小狡し鳥頭あをあをし　朝月沙都子
春の水点字ブロックを流れおり　朝の虹
春暁やケホと毛玉を猫の吐く　朝の虹
ナホトカは貝塚多し鳥雲に　あずお

遠花火おもひでつくりすぎました　梓弓
幽霊の飴を買う指透きとおり　梓弓
愛の日のチキンラーメン麺かため　藍創千悠子
夏来る湯もみのごとくカレー煮て　足立智美
苦瓜が緑の内に詫びてほしい　足立智美
真夜中の検問トランクの竹婦人　あねご
猫二匹消える風花やつて来る　あみま
村の子を攫ふ厄日のアンタレス　あみま
西日じんじん象の尻はでつかい　綾竹あんどれ
縺れあふ火の粉さやさや夏の蝶　綾竹あんどれ
身支度の鏡の中の遠花火　鮎川あふり
苦瓜や強面なれど子煩悩　ありあり
モビールの影の速さや秋の声　有本典子
ふる里や遺影の下の寝正月　有本仁政
羅の見せてはをらぬ刃かな　有本仁政
しとど降る雨こそ佳けれ木の芽和　アロイジオ
秋の声和紙の繊維に逆らはず　安
ロボットの死ぬ音聞こゆ冬の月　安溶二
すり傷のやうな月あり春の朝　飯村祐知子
どれも少し中身の余る種袋　池内ときこ
麗かや角みなまろき木の玩具　池内ときこ
天領の酒なみなみと後の雛　池之端モルト
泥飛ばぬ場所より指図泥鰌掘　池之端モルト
渾身の強面小さし熊蜂　池乗恵美子
己が影を離れてよりの揚羽蝶　池乗恵美子
恍惚と妻は茅花を摘みつづく　イサク

馬の糞拾ひつつ追ふ秋祭　いさな歌鈴
トロ箱にどつかと座り鯨汁　いさな歌鈴
片っ端から「強」に扇風機のデモ機　石井一草
いけ好かぬ隣家の桃の甘かりき　石井一草
霜焼や飼育係を全うす　石井瑩
愛してると真白な雪に描いたよ　石崎京子
コンビニのたむろの中にゐる竈馬　石田直輝
もう敬語やめてみようか跣足だし　石田直輝
ホテルロビーの白手袋の雛納め　石田将仁
曼珠沙華効かぬ薬に副作用　石田将仁
水をやるついで跣足に水をやる　石田裕美
機嫌良き老婆たらむと冬薔薇　石塚彩楓
九月尽我楽多市の鯨尺　石塚彩楓
月光やダイオウイカは銀の鉾　石山歩杏
乳房を持ち上げ洗ふ花の夜　石山歩杏
前妻の植えし柘榴が口開く　五十月彩
このカフェは遊郭でした花の夜　市山幸江
音だけを胸でかぞえる遠花火　一力駒子
梅が枝に蛇からみゐて人は留守　一力駒子
潰されし蟹てんてんと晩夏光　斎乃雪
古地図ひらけば風うなりだす夏野　一斤染乃
朧夜や顔を描かぬ紙人形　稲垣加代子
冒険と子に言ひ聞かす梅見かな　稲畑とりこ
暖かやたまごサンドの黄は溢れ　稲畑とりこ
老犬のかろき鼾や遠花火　井納蒼求
花の夜やくざな猫に気をつけな　今井夕子

出水後の土手なまなまと陽を吸えり　今井淑子
徒に象舎の檻の灼かれをり　磐田小
十六夜や三年前の猫ほそい　磐田小
路地裏にありらんの歌蝮酒　岩橋春海
淋しさよたんぽぽの絮吹くときの　岩村恵子
赤銅の頸の皺伸ぶ闘鶏師　ウィヤイ未樹
スペイン語通じるかしら葱坊主　ウィヤイ未樹
春昼の槌音にやさしき余白　うからうから
更衣風と親しくなるために　うしうし
山消えて寂しきうつわ氷水　うしうし
口笛は古き恋唄春の月　ウッさん
指切りの指喰ひ出せり磯巾着　うはのそら
花曇鍋の底には鶏がいる　うみの岩隠子
寒の水星まっすぐに沈みけり　うみのひつじ
桃一つ孤独を一つ買ひにけり　うみのひつじ
ヨナ抜きの調べの遠く秋祭　海野まひな
さしむきは米寿まで生く栗名月　梅田光憲
羅の抜け殻めきて熱仄か　江藤すをん
瞬殺の踵落としや夏布団　えむさい
うららかや粘土のケーキふるまわれ　大井田江月
哲学の道でバナナを剥いている　大熊猫
燦然と笙の音の降る初詣　大小田忍
夏休ぼくのレンタル松葉杖　大小田忍
脳病の母は眠りぬ水中花　大津美
シャボン玉高し今頃二時限目　大西どもは
向かいの島歩いて渡る潮干狩　大野ひろし

たい焼きのしっぽ空っぽ万愚節　大橋あずき
壺へ挿す寂しい二本目の破魔矢　大平智也
滝の上落ちてくる水水を押し　大村真仙
狐火のあそこに母を埋めました　可笑式
縁のなき五匹連ねし目刺かな　可笑式
待ちわびし体を太く帰る雁　丘るみこ
発火しそうな桃や核はかたくな　オキザリス
いとこ吹くユーフォニウムや春の水　お京歩
石榴食ぶ鬼の子どもを産みさうな　お京歩
未だ未だ逝ったりせんのやシュッと水仙　奥野要
理科教師野草の中にはこべ指す　奥野要
イレギュラーヒット刈田のベースランニング　小倉幹弘
県予選負けて補習の日焼かな　小倉幹弘
冬薔薇や介護施設の恋の歌　小俣友里
太陽も地球も丸い葱坊主　小俣友里
サイネリア開くポストに招待状　折田陽子
秋出水男等俵上げにけり　加賀谷早苗
大根引く飛行機雲のぐんぐんと　香川登志子
愛の日とカレンダーには書いてある　影山らてん
手に触るる絹の甘さや更衣　河西多津子
うぐひすや転校生の来る知らせ　笠木範子
指貫を踏みたる痛み明けぬ梅雨　鍛治敦美
学寮の厠の暗し竈馬跳ぶ　樫の木
哲伯父の杖は鍬の柄みそさざい　樫の木
鳥雲に貝とる人の風の謡　風かをる
故郷の夏野に入りて抜けだせぬ　加世堂魯幸

春雷や吉野の山の深眠り　克巳@夜のサングラス
葱坊主シが裏返るリコーダー　克巳@夜のサングラス
春の月いぢめられたのいぢめたの　花伝
炒飯の具は卵だけ夏休　愛しみのベラドンナ
屋上にノートの遺書や蛇の舌　愛しみのベラドンナ
苦瓜を切れば素直なものである　彼方ひらく
鯨汁くじらのどこか食うてをり　彼方ひらく
夏足袋や流れ正しき箒の目　狩野好子
片恋の心音に酔ふ落花かな　華風
逝く母の入れ歯ケースよ寒星よ　蕪与
走り去るブーツ流れ出す主題歌　神木美砂
曲がつて桜曲がつて桜荒川線　かむろ坂喜奈子
受領サイン霜焼の手にペン借りて　かむろ坂喜奈子
北窓開くねむたいねむたい汽笛かな　花紋
朧夜をねちゃもちゃ高級美容液　花紋
原発の浜つるるんと跣足かな　狩谷わぐう
プールより水引きずりて出る体　川越羽流
粧う山乗ると大きいロープウェイ　川越羽流
まず二回試す懸垂花の夜　川村紀陽子
「ほくほく線」粧ふ山の陽の匂ひ　東理美枝子
沼はごぼ山はゆさりと花の夜　北川そうあ
朧夜を水こぼさずにまわる星　北川そうあ
滝おちてたぢろぎながら川となる　北藤詩旦
鮮明なる印おぼろ夜の保証人　北藤詩旦
フクロテナガザルの叫び子供の日　きなこもち
受験期やＣＤの音飛び激し　きなこもち

コピー機の三度つまりて梅雨入かな　木ぼこやしき
春の月ぼんやり歩く三千歩　京あられ
花に今人魚のとおるごとく風　季凜
麦青む母は太陽系にゐる　季凜
菊日和妣の希望の安い葬　ギル
墓灼けて柄杓の水を痛そうに　ギル
暖かしバクを観察一時間　きるやんめるっき
耳からも熱砂こぼれてハワイの子　きるやんめるっき
青褐のみづの眠りや烏頭　ぐ
心臓を雪に濡らしてゐる案山子　ぐ
晩夏光ＰＫ戦の四番手　空己
秋の昼ヒト語をネコに教へつつ　久我恒子
鸚哥籠洗う蛇口や初氷　久木野久雄
みづはほしくづ滝殿は宇宙船　ぐでたまご
芋虫を手に遊ばせて磨崖仏　国東町子
ゆるやかに沼底浚うやうに咳　くま鶉
折り紙の鶴立ち上がる冬の月　くみくまマフラー
大氷河成分表に星の声　クラウド坂の上
祖母たちのフラは二番目菊日和　クラウド坂の上
立ち読みの背後香水過りけり　倉木はじめ
産休の看護師戻る揚雲雀　榑澤美香
開戦と暗殺の日の臘八会　榑澤美香
反り返るブラックバスや雪の上　黒鱒釣師誠人
満作やまずは一匹釣れるまで　黒鱒釣師誠人
蒲公英と共に地球を引っこ抜く　恵勇
石鹸玉弾けて何も無き地球　恵勇

好きなだけやると専務が甲虫　剣橋こじ
心臓のききつといふて氷水　香乃玉茶
双六や孫に天下を譲りけり　小坂久美子
鯨汁首のタオルの油染み　小笹いのり
パナマ帽の酒屋キリンレモン補充　小笹いのり
うそ寒や一〇円券は期限切れ　木染湧水
骨揚げの昭和の釦鳥雲に　後藤緋文
木の実落つバンホーテンの蓋開ける　後藤洋子
スベリ台御降少し残しけり　小西利子
日向から日向へと引く籾筵　小西利子
きょうたべたバナナは春のあまさだよ　このえへいゆいと6才
でてきたらはねがくしゃくしゃかぶとむし　このえへいゆいと6才
揚雲雀てふ高さまで昇りきり　木幡忠文
夏帽の畳みじわ取れてもしづか　胡麻栞
遠花火まったく別の話しする　米谷隆
片蔭を選み目的地から逸れる　今藤明
三日月やすねているよな顎の先　近藤富男
寒星や喘息の子は背に眠る　こんぺいとう
あんこ煮る言い負かされた夜長かな　こんぺいとう
どうぶつ霊園たひらかなりや夏の霜　斉藤立夏
あの熊蜂クラリネットの生まれでせう　斉藤立夏
明け方の夢占いや氷柱折る　彩然
「Ｎａｔｉｏｎａｌ」のロゴも現役扇風機　坂口誠一
鰯焼く海を捨て去る色に焼く　桜井教人
孑孑の浮沈日本の浮き沈み　桜井教人
ラーメンの替玉硬め燕来る　迫久鯨

寒星や地球の裏にいとこ在す　埣田小夜子
春日かな影麗しきビルの路地　佐咲妙星
ラットをのんだ蛇のふくらみやわらかい　座敷わらしなつき
風かりて一筆はらふ秋の雲　早智
垂直に飲む水筒や夏来る　幸の実
星祭二人の文字が似てきたね　佐藤香珠
寒星や校舎に鍵をかける音　佐藤香珠
羅や枡席に崩さぬ正座　佐藤儒艮
春暁や月まだ高く白を展べ　山査子
この春も最後は綴じてホッチキス　篠田卓也
秋の夜下人とあるや羅生門　篠原洋祐
ひらがなをほぐしたごとき落花かな　篠原洋祐
腹からの力袴の卒業歌　清水三雲
君だけの赤だよ威張っていい椿　霜村和子
ビール煽るからだにドラム鳴り始む　じゃすみん
鰓呼吸始めているか水中花　じゃすみん
棺の真中へ舶来のパナマ帽　沙那夏
麦青む第二志望の大学へ　沙那夏
ぴぃぷぅと抽斗のんき衣更　洒落神戸
春昼や南京町に魚洗鍋　洒落神戸
蒲公英や仔犬のゆばり滔滔と　シュリ
白玉や木霊人魂混じりをり　シュリ
余生とは言はれたくなし冬薔薇　じゅんこ
押鮎やかなもじ美しき土佐日記　じょいふるとしちゃん
夏足袋に小はぜの光折り込みぬ　じょいふるとしちゃん
河豚の毒まつしろな団欒にゐる　常幸龍BCAD

観音の腕足りてるか出開帳　常幸龍BCAD
フォカッチャのトングに歪み春の月　翔龍
花曇り入部届に「帰宅部」と　ジラ
太閤の城を肴に梅見かな　白濱素子
金亀虫おろおろ空を掻いてをり　白濱素子
兄いまも制服姿明易し　次郎の飼い主
蛤ぽにゅぽにょ福耳に似ている　真
陽炎を合わせ鏡に閉じ込めむ　真
昇格の拳固しや夏来る　眞
裁ちばさみのごと乱れなき螽斯　眞
愛の日の四桁で開く郵便受け　神言成
死者たちは無邪気に笑ふ寝正月　すあま
「あ」の口でさす目薬や宵の春　末永真唯
冬薔薇赤に致死量あるならば　須坂大寒
白玉や淑やかに座す硝子鉢　朱雀
崖濡つ清水の縁の定まらず　鈴木由紀子
葱ぼうず流行の曲はよく似てる　鈴木由紀子
鍵穴の冷気の中の初明り　寿々芽
春暁や母は飯場の飯を炊く　スマイリー正子
鰯買ふ母はますます考に似て　すりいぴい
粧う山のここが正面真正面　せくろうば
氷水土星は水に浮くさうな　世良日守
割り算の余りが無くて涼しかり　世良日守
水中花枯れて風俗案内所　せり坊
地下足袋のこはぜ解放仏の座　霜葉
青田から青田へたたた朝日満つ　霜葉

雛納め六曜見るは母ゆづり　曽根和子
闇引いて足跡続く雪野かな　曽根新五郎
満作の雨金色の雫かな　曽根新五郎
冬の梅ずっと昔の恋敵　そまり
添寝して昔々の雪解かな　高木音弥
耕して耕して山暮れにけり　高岸美和子
愛の日の雨がしづかに濡らす肩　髙田祥聖
たんぽぽや少年法第六十条　髙田祥聖
兄嫁の腹に生命や遠花火　鷹之朋輩
つゆだくの（大）をかっこむ三日かな　多喰身・デラックス
冷蔵庫に残る入れ歯や母逝きぬ　多喰身・デラックス
これみんな土筆なんだよ土手づたひ　竹村日出子
胎の児を宥めて水着濡らしけり　田島閑
貝寄風やビリケンもうたた寝をする　立花紅
甘藍を掲ぐいきものがかりかな　立花紅
寒の水桶に鉛の色の星　DAZZA
肺に影こまやか冬木の桜かな　DAZZA
血の交じる足跡どこへ雪野原　蓼科嘉
顔ことに優しく包む雛納め　谷山みつこ
跣足なり海のホテルの大理石　旅路
万愚節介護利用費改定表　玉井令子
分譲の幟映して田植時　玉谷惠美子
風の瘤ゆたりと越えし揚羽蝶　玉響雷子
幽霊の靴に見覚えありにけり　玉響雷子
夏足袋に替えて稽古の乱拍子　田村喜恵子
常温のカルピス母へ梅雨入かな　田村朋子

扇風機ラップの端が見つからぬ　田村朋子
名前負けしてる熊蜂ではないか　田村利平
登るたび跣足を咥へこむ砂丘　田村利平
子の城が崩れゆく声潮干狩　千明紀
苦瓜の強きにおいや恐竜の背　千明紀
灼熱の地面を濡らし蜥蜴来る　地球人
バリケードの中花は咲き続けて　ちび助
鹿の檻ぬかるみたるや夏の蝶　調布亭豚勝
晩夏光東京タワー棘のごと　月影の桃
太陽は毎日死んで枇杷は生る　津島野イリス
半分に折りて目刺のいい所　土田仁美
母の手に棗の皺の甘み増す　土屋美華
杲鳥や唆されて掘る砂金　露草うづら
新入りの右肩の痣猟名残　露草うづら
原爆や大空襲や日向ぼこ　鶴田幸男
夏の蝶キリンの舌に遊ばれし　デイジーキャンディー
ガスボンベまでも浮きたり秋出水　転石
満作の陽を絞りきるねじれかな　でんでん琴女
ひまわりのずっと元気なのに疲れ　東京堕天使
ポスターのゴジラの口へ西日の矢　東京堕天使
受験期や北極星は動かない　とまや
どくどくと石榴の罪を噛み締むる　とまや
冷たさの熟れつつ昇る冬の月　朋女
人形の眼の閉じるおと九月尽　富山の露玉
鬼の子とかごめかごめの鬼となる　豊國隆信
片爪に蟹の共食ひ始まれる　内藤羊皐

道四たび尋ねらる日を耕しぬ　内藤羊皐
佳き三日洗濯物のよく乾く　直
霜焼けに牛の鼻息かかりけり　直樹
日除裏犬はふぐりを地につけて　中尾一透
牛乳石鹸割れてすり減り九月尽　中岡秀次
次男坊父になりたる稲の花　中川美紀
月光にととのふ鬼の舞台かな　中島かず代
春の雨厩舎掃除のアルバイト　中西柚子
祖父の棺秋を脈打つ掛け時計　中平圭美
幽霊を背中で観てる正坐かな　中村利明
ぱんぱんに西日を詰めて回送バス　夏野あゆね
孑孑の兄が弟食うてをり　夏野あゆね
ほんたうは兜が重いかぶと虫　七瀬ゆきこ
東京へ行きたいだけの柳かな　七瀬ゆきこ
春の土から出たらすぐに喰われた　⑦パパ
呆鳥やシーラカンスの斑色　那真呼
ばらの芽や移動図書館来るという　那真呼
バキュームカー花の坂道上りけり　浪江昭人
父さんの背と語りつつ潮干狩　二階堂圭一郎
御降を甘げに受くや狛の舌　西川由野
甘やかに倦む踝よ簟　西川由野
霜焼や駅舎にめくる単語帳　西原みどり
鬼の顔してるピーマンみじん切り　西村小市
闘鶏師ぬけたる羽を掃き集む　にゃん
捨て猫を洗へばにごる水に蚤　にゃん
臥す母の虚ろを蚊帳に眇めをり　仁和田永

風強き帰路の山唄猟名残　仁和田永
祖父歩く青田の波の波の果て　猫宮瓜
冬木のさくら住職は佳き男　根本葉音
へそくりを数へて戻す夜長かな　野地垂木
冥界の目印として椿産む　望美
車椅子乗り出し朝顔は六つ　野ばら
ほのぐらき摘み採りあとよ冬苺　野山遊
菓子缶に庭いつぱいの種袋　薄荷光
尖りくる風に佇む梅見かな　はなあかり
大袈裟な熨斗ついてゐる麦酒券　花節湖
地に低くサフランの花吾老いぬ　花野若葉
箸入れて残る白さや煮大根　花政
冬薔薇盲しいた王に紙冠　花屋英利
兜虫ホームセンター生まれとか　浜けい
予約の診察いまだ呼ばれぬ扇風機　原田和代
巻舌の仏語の店主パナマ帽　巴里乃嬬
鳥籠の国へしづかに春の雨　巴里乃嬬
開帳の壁の落書きまれに秘語　播磨陽子
まうまくに痛みはつてふてふ光　播磨陽子
貝殻に白砂零すクリスマス　春花みよし
夏草や廃車は僕の隠れ宿　はるく
猟名残土地の神へと四合瓶　はるく
向日葵や町の最後の酪農家　ハルノ花柊
霜焼や校舎の裏の焼却炉　樋口滑瓢
苧殻ぽきゅぽきゅ死んだ理由は軽くない　ひでやん
受験期や五目うどんの汁の濃し　ひでやん

海苔弁のタルタル多し花曇　日向こるり
御《おん》にこにこ腹立てまいぞ熊ん蜂　比々き
黄金の舌もつ木乃伊蝶を吐く　比々き
田植時嫁ぎて初の醤油飯　妃可
白無垢の指が箸取る菊花蕪　妃可
ふりかえる毛皮の似合うひとの香に　姫川ひすい
大手門内は蜻蛉飛ぶ世界　平井まどか
一族と言ふほど居らず煮大根　平本魚水
木の実降るそろばん塾をずる休み　平本魚水
しやぼん玉はじける音はふあでせうか　びんごおもて
瘡蓋をはがし北窓開きけり　深川牡丹
蝮酒使ひどころのなき齢　深川牡丹
レントゲンまで日焼してさうな君　福永浩隆
陽炎の中に秘密を置き去るや　藤井信弘
うつすらと蛇の臭《かざ》ある紫宸殿　藤色葉菜
誘蛾灯みないもうとをかわいがる　藤色葉菜
河豚の毒結婚五年目の放屁　藤田ゆきまち
粽結う帰省できない子は四人　藤田ゆきまち
盆休み義父の胆石水屋から　藤本花をり
猟犬の帰りは済まなそうな耳　藤本花をり
千件のメールを消して大晦日　藤雪陽
夕顔や夫殺しに子の三人　伏姫
鴎外と大黒柱にもたれ春　船谷富士夫
雪野にて遊べば杖をなくしけり　桜遙人鳥
工場の片蔭吸殻の二本　冬のおこじょ
どことなく妻に似ている秋茄子　ふら麦酒

そうちゃんのかみがたあたらしいはるひ　プリキュアはづき3才
バナナたべたからはーちゃんはやいんや　プリキュアはづき3才
ぎと絞り水着ををと弛みけり　古瀬まさあき
月光に灼かれし首都の深海魚　古瀬まさあき
断崖の化石よ郷の初東風よ　ペトロア
第三次世界大戦やぶ蚊死す　保刈喜美江
透きとほる祖母の掌のくぼ菊膾　黒子
白玉ややさしいだけでほめられる　ほしのあお
初日出づ規則正しきバイタルよ　干しのいも子
朧夜やヘアピンカーブの腰にG　干しのいも子
古里の清水と同じ音がする　細木さちこ
忘らるる兜虫下駄箱の疼き　細野一敏
夏の蝶十年ものの泥だんご　穂波
睦言聞く耳朶の薄さや夏布団　堀口房水
若草やドローンは未だ空の俘虜　堀口房水
春暁の鶏小屋鶏が鶏を押す　梵庸子
松精油の傷盛り上がり夏の蝶　曲がりしっぽ
月光に射られ眼窩の疼くなり　曲がりしっぽ
包帯のにほひもあまき花の夜　まぐのりあ
八月の八より亡者零れ落つ　真子井こはく
干物の香さびる港を晩夏光　まつぽっくり
初蝶や八十路は遠いはずだった　松本ふみ子
塗りたてのジャングルジムや初蝶来　まゆりんご
造影剤あをく疾るや遠花火　まんぷく
クレヨンは子どもの味方春めける　まんぷく
蝶逝きてロンドン橋は何度落ちた　三浦にゃじろう

蛤の指輪の箱のごとひらく　三浦にゃじろう
鏡台の小さき空き瓶初蝶来　実枝
つまらない夫婦喧嘩だ冬の月　みおん
煙突の吐きたる黄泉よ西日照り　岬ぷるうと
受験期やゆつくりと戻す腹筋　水木和子
飼い猫の狩りし雀よ梅雨に入る　道子
我映る氷を割りて生き直す　美月舞桜
滔々と森の動脈滝を聴く　みつめぐ
殴られたのか　いや石榴甘い　満る
男友達ひとりもをらで麦青む　美奈子
後ろにも眼のある母や夏休　美奈子
核兵器禁止条約春の土　みやこわすれ
抽斗の硝子の釦夏の蝶　みやこわすれ
ぐぐがぐぐがが旧式扇風機　椋本望生
晩学のルーペとマウス明易し　椋本望生
初春や柔らかきもの笑ひをり　むげつ空
寡黙なる冬木の桜の心音　むげつ空
蛾は翡翠色ひんやりと石畳　郁子の花
レフ板の全き白の冷やかに　めぐみの樹
苗代や里へきなさる赤城水　本山喜喜
修行あと三千日ぞ蝮酒　本山喜喜
秘湯への道塞ぎたる朝の蛇　森田祥子
臨月のごろりごろりと蚊帳の夜　森田祥子
初蝶やベンチに開く法令集　八神てんきゅう
背番号「1」持ち帰る夏休　山羊座の千賀子
生御魂時時毒を吐きにけり　八幡風花

明日の鍵引つかけて三日月揺れて　山内彩月
僕んちにもうクリスマスないんだね　山口雀昭
夏蒲団蹴散らす午後の「グリとグラ」　山口晴美
蜜柑むく速報はまた死者の数　山城道霞
次頁の怪異や遠き霧の村　山城道霞
汚れたる尻もぬくきや春の泥　山田じゅんこ
春の月大王烏賊の浮上かな　山田真耶
秋の夜や栞がはりの老眼鏡　山田真耶
豆挽けば夫めざめたりサイネリア　山つゝじ
蔦の葉や小樽運河に似顔絵師　やまとなでしこ
引越のトラックに乗り出開帳　山根祐子
薔薇の芽を撫でて保健室登校　山本先生
風花のぼくらは団地探偵団　山本先生
冬眠の鱗ちろちろ夜に星　柚木みゆき
母ちゃんの炒飯春昼の宙に　遊呟
闘鶏師右手に無垢の金時計　遊呟
たそかれのはちみついろや閑古鳥　遊子
パチンコ屋の椅子に膝抱く梅雨出水　遊子
春雷の西よりすれば死者憶ふ　夕子
猟犬を貸して成果の土産かな　夕子
階段を上る水着の君の脚　ゆうすけ
土踏まずくっきりさせて跣足の子　宥光
亀の声知つているらし生身魂　夢見昼顔
切り分けて厨に啜る桃の汁　夢見昼顔
万愚節皿をはみ出す海老フライ　ゆりかもめ
ドビュッシー響くが如き夏の霜　陽光樹

花の夜愛犬軽ろき物となる　吉澤奨
「青春」の墨字涼しき同窓誌　吉澤奨
あるだけの靴を磨いて燕来る　吉野川
陽炎や人喰い鮫の打ちあがる　吉野川
サフランや魔法使ひは四人をり　夜之本紙処
雪解のがつしと岩をだく根つこ　誉茂子
芥子の花きつと女優性悪説　楽花生
大吉は三十二画桃の花　栗庵
春惜しむホルンのベルへ窄めた手　栗庵
名にし負う飛鳥あかねや蕪漬け　和田青波
片麻痺の利き手湿し蜜柑剥く　和田青波
陽炎や開通式を待つ鋏　笑松

佳作

御仏の尻まで観てみむ出開帳　Ｅａｒｌｙ Ｂｉｒｄ
初東風を疫病退散絵馬二千　Ｒｘ
逆光の空一直線に燕来る　相あい
立ちすくむ山のふもとや梅雨出水　相根敬子
バス停に忘れし土産春惜しむ　あいまいもこ
夏帽子山を恋つつ草むしる　阿海悟
秋気満つる子宮三人産み終へて　青海也緒
慌て来てしゃがむ尿や春の土　蒼空蒼子
打ち揃ふ肩に薙刀夏休み　青菜塩古
出水ひく息子は全部捨てるぞと　青に桃々
ぶどう狩りひとつぶつまみつまみかな　赤坂房江

湯気あがる枝豆跳ねて口の中　秋桜
梅見へと抽斗の紅の封を切る　秋野とも
病床のテレビに浮かぶ遠花火　あきを
洗面器内側に沿い蟹歩き　浅井美奈子
有休の中古漫画とビールかな　朝桜咲花
万愚節消えてしまつた雨をとこ　朝月夜
初詣砂利音独つ縁一つ　朝寝坊助
朽葉ふみスイスイ進む赤い靴　芦田きみ
水中花開花に見入る吾と母　鴉頭
補助輪が道に片方クリスマス　あずき
木漏れ日に映りし影は冬雀　あずま陽太郎
肩痛む母が蔓切るぶどう食べ　明日海
土曜ごとフルート聞こゆ夏の夕　阿曽阿遊
熱の子の瞳うつくしクリスマス　あっちゃん
褒められて居住まい正す冬の月　渥美こぶこ
冷蔵庫おのおの家族の世界開く　安部さくら
初春に眩しき記念植樹かな　天野規之
うららかや通院終えて遠回り　天海妃富
向日葵やヘアドネーションあと5㎜　天宮歩奏
夜明けすぐ軽トラの音夏来る　彩乃瑞侑
負けないぞ向日葵ずぼっと立っている　新井愛子
下駄跳ねて吾子ケラケラと夏の夕　新井一花
みちのくの縄文遺跡の西日かな　嵐田月之輔
夏帽をひとつ遺して逝きにけり　新多
孑子や子どもと子どもケンカして　あられちゃん
ががんぼのひっそり止まる三面鏡　有田みかん

春潮や鳴門の渦のたぎり落つ　有田美千代
子に推され橦木渾身春の雨　阿波オードリー
寒星や膝ぼん冷えて終い風呂　安兎
幸せは鳥の声きく夏休み　安藤郁子
亡き父の存在強しパナマ帽　飯尾喜美恵
明易しかすかにひばり佐渡情話　飯田美代子
春霙俄かに川面はなやぎぬ　井岡照子
熊蜂の尻を左右に花を出づ　井口千賀子
添付の絵見つつきざむや仏の座　池内美知子
事務室の窓に炭の香夏の夕　池田愛子
うぐひすよ口笛競ふ妻の顔　池田享隆
春惜しむ安室奈美恵のＣＤと　池田三佳
上海の初日一人や揚子江　池田康子
登校のガードレールに甲虫　いさみ
大群の花菜と空の境界線　伊澤遥香
春の水雑魚はどこから現れり　石井謙次
独酌や李白気取の花の夜　石井敏嗣
着納めの制服たたむ春日かな　石岡女依
玉葱の真相は真ん中にあり　石川潤子
湯呑みもてメモ書き押さへ扇風機　石川淑代
病室の軒下けふも燕来る　石川よね子
秋祭太鼓は庭に眠りけり　石田ツヱ子
輪飾を買ったが喪中を思い出し　石橋昭男
沖縄で夏帽求めつばでかし　石橋友子
猟名残はやる心を宥めつつ　和泉明月子
受験期の双眼鏡と文庫本　板柿せっか

卒業歌「仰げば尊し」歌いません　板橋久美子
冬木の桜ふと遠い人の影　一木さくら
深閑の小径を切裂く鵯鶫　一純。
もう少し父の足揉む春日かな　市村恵子
薬師寺に両塔揃ふ揚雲雀　ゐちらう
潮風に吹かれふつくら豆の花　糸井賀寿子
部屋柱幼き頃の蚊張の釘　伊東凡雄
若き日の辛さ飲み込む山葡萄　伊藤柚良
タバコ屋の錆びた看板遠花火　稲垣由貴
瀬戸内をぐんぐん肥ゆる津走かな　いなだはまち
遠き日のステージの歌夏来る　稲野桃花
廃校の桜実となる古戦場　犬棒
老犬の寝姿なおす冬の月　井上はるみ
一人居のパズルを解いてビールかな　いのこ
香水の人につられて香水を買う　今井千世子
蛤や真似してみたる母の味　今田真美
種袋おきな持ち来るパソクラブ　今村美智子
バナナ手にゼッケン８の祖母を待つ　彩人色
白玉やひけらかしたき初ピアス　五郎八
落葉踏む音止めて聞く鳥の声　岩城おさむ
並うどんフードコートの夏休み　岩崎遥叶
吾亦紅音符のように花散らし　岩田恵子
我勝てり獺の祭の酒を酌む　岩松良玹
神様の迎えの涙春の雨　宏
家具の跡を畳に探す春日かな　うーみん
扇風機首振り止めてしかられる　上筋成美

氷踏む象の踵の滲む痛さ　上田弥弥
秋の雲煙草の煙留まりつ　浮未衣菜
うららけしフェリーで踊る老夫婦　ウク
大の字仰ぐあしたから夏休み　うた歌妙
菜の花はチェルノブイリの墓標なり　宇田建
タピオカを初めて飲みぬ春めく日　宇田豊美
寝苦しも六四で君へ扇風機　鬱金香
夏帽の母娘ひゃくごじゅっさいの歩歩歩　うっとりめいちゃん
青空へ両手は振り子麦青む　卯年のふみ
浴室に麻袋三つ種蒔の　梅木美津江
ワクチンの微熱句作の秋の昼　梅里和代
コロナ禍の新アイテムは破魔矢なり　穎
鳥雲に手繰り寄せたる糸電話　詠頃
芥子の花光抱きて風任せ　江崎桂子
枝豆や鞘飛び出してぷくっと笑う　えみい
咳一つ湯気の音より頼りなく　笑田まき
キャラメルの香り溶けゆく朽葉かな　恵林
煙草すう青田ながめ放屁する　遠州多楽
割れて落つ石段ころげ石榴かな　遠藤千草
転勤の辞令北窓開きけり　及川智子
春の雨ゆるりと目覚めて傘寿なり　大石百合子
パソコンのお参りに居る盆休　大熊みどり
しなやかに二代目支え竹婦人　大古小夜
桃の花寄れば羽音の響きけり　太田健吾
蔵王より青冴する雪野かな　大槻税悦
炊事場の母の姿や竈馬跳ね　大西神奈

粽結ういつかできるよ逆上がり　大西みんこ
畦道や骨まで透かす西日かな　大野喜久江
五月雨ワクチン待つ人みな寡黙　大庭紀子
コロナで帰れぬ二度目の盆休み　大神阿修羅
生御霊正座の膝をまた伸ばし　大山香雪蘭
うそ寒の逆立ち脳を削るのか　大和田美信
冬の日や高級食パン土産とす　おかげでさんぽ
電話鳴るまた誤着信か竈馬　岡崎禎広
指先を染め啜りたる葡萄の血　緒方朋子
ぬるき風夕餉の匂い盆休み　岡田晴代
初蝶の煌きながら吹かれ飛ぶ　岡田博之
椎の木の鳥居を覆う晩夏光　岡野弘子
待つて待つてやつと開くやサイネリア　岡本喜美子
「御無沙汰」と話弾ける枝豆や　丘理奈
背をすこし伸ばしておりぬ後の雛　小河美日
氷水今年は無理ねと母かこつ　尾河恵有
蔦の葉に手招きされて売物件　緒子
ご近所さん咲いていますよ朝顔が　緒子
初東風や御旗はためく母の海　尾崎公洋
暖かや伜の王手待つた待つた　和尚
輪飾の牛舎へ急ぐ酪農家　お漬物
行く春や畳の色を青と知る　おでめ
がらんどう鏡の中の冬木立　小野綾子
菜の花の黄色は花の笑い声　小野とらのは
日本地図貼つて北窓閉じにけり　小俣敦美
初東風やいざ四度目の年女　甲斐一筌

初笑い笑い連鎖の笑いヨガ　皆倖
初東風や息子も父になりました　甲斐紫雲
遠花火手を合はせたる我がいて　かおる
叱られてあめ玉ひとつ春の月　加賀田芳子
癒えし身を踏み出す庭のあたたかし　垣内久子
まだはぁはえてこうへんなぁあきのあさ　かくれが
出前するバイク追い越し燕来る　影山香苗
ひとくちの清水走るや丹田へ　風花まゆみ
寺の鐘ついて草木零落す　風花美絵
春の夜に息子とギターはずれ声　かずたま
二十秒茹でて菊菜のごまよごし　かすぼん
「にきび薬はいらぬ」子の声夏の夕　かずポン
孫と待つ奥城崎の初日かな　和世
春霙入所の父の小さき荷　風たんぽぽ
降る雪やイーマイナーのカッティング　風の木原
無人駅散髪したし酷暑かな　片井聴泉
音はみな雪に消されし山の寺　片桐章
お祝いのふで箱は赤姪の春　片桐順子
毛皮包むそつと真白な薄紙に　片栗子
諦念の先に見えたる揚雲雀　活色都
トトロやらどこか居そうな青田かな　佳葉
日向ぼこ極楽でっせと御影石　蝌蚪
今は亡き義母と語らうビールかな　加藤詠
修行僧鐘撞く間の咳一つ　加藤西葱
親子連れ幹の甲虫照らす夜　加藤宏明
新築の待ってましたと燕来る　加藤道恵

起太鼓打つ若衆や飛騨の春　加藤みち子
春の水替刃の時季を教えたり　奏でる惑星
しりとりを続ける子等の夏休　金子あや女
短調の鼻歌ひとひ花曇　金子月明女
鈴なしと小さき貼り紙初詣　金子美鈴
初蝶や追えばアリスに会えそうな　かねつき走流
雪光る大山の神降臨す　金良黒桃
今日もまた怪しき電話鳥頭　叶野澄子
これもけえ祖母の差し出す煮大根　蒲田郁雄
潔く年重ねたし蝮酒　上東圭子
重い翅コマ送りに飛ぶ揚羽蝶　紙谷杏子
冬灯魅夷の青の京の街　亀井桂子
逃げ場なし炎ゆる大地の日本かな　亀井通
診療所閉ずる卒寿や冬の梅　亀の
ひまわりをかかげ笑顔の表彰台　かもめ
点字読む父の背丸し秋の暮　霞里湖
冷蔵庫ワクチンあるを確認す　川上和子
亥の子餅疾く隠したる右ポッケ　川端美須子
種袋生なる物のコンチェルト　川端庸三郎
クリスマス夫に贈る請求書　川辺あけみ
音に聞く浄土は近し冬苺　河本要
極寒夜五臓六腑が痛すぎる　神作迪基
耳のそば明かりつけると蚊姿消す　幹太
みづのねのあをしたのしや鮎の宿　岩のじ
サフランの花猫の眼は薄緑　喜祝音
頬赤しシャツの子ら走る陽炎　きうこまやりも

夏草やタイヤの跡のごとき雲　如月文
田植時合唱聞きてリズミカル　岸部郁子
捨てられず大蛤の殻のあり　喜多輝女
高層の玻璃越し見ゆる遠花火　北の小鹿
揚羽蝶羽化は珈琲瓶の中　北野光
死が傍にある路地裏の紅梅は　規野鈴
初デート前の立ち読み冬の月　木村木耳
窓を開け病める身体へ夏の霜　休離ぐさ
小石とてその角凛々し片陰や　きよみ
夕顔やジェンダーの生き辛さ知る　桐谷啓子
学位記や春仰ぎ見る吉田山　金月由紀子
ふたつみつ仏さんへと煮大根　くう
越境の雪リオグランデに溶ける　九月だんご
枇杷を立てじっとみつめるこけしかな　楠山理子
長靴の夫を目で追い日向ぼこ　口井真紀
布団しき家族みんなで蚊帳をつる　く・らら
吾れ急ぐ子暮らす都市《まち》酷暑の駅　久仁太郎
盆休落雁噛みつつラインする　くのゆう
女《ひと》といる背中君なり遠花火　窪田ゆふ
貝殻をのせて遊びし日焼けあと　熊谷温古
突き刺さるごと降る雨や夏来る　熊田人並
猟犬の太き獣を捕らえけり　熊の谷のまさる
日向ぼこ猫もまくらがいるらしい　熊埜御堂幸子
丑年にめぐりめぐりて初笑　久米陽子
水引や梳く風の櫛淡く染め　紅
何もない一日だった夏布団　くろちゃん

秋祭賑わう路地の天ぷら屋　黒猫
子供の日息子《こ》が解説す名人戦　クロまま
行く春や秘仏みるべくして列ぶ　薫夏
愛の日の翻訳いかに漱石さん　K・いろり
送別のすき焼き煮えて宵の春　啓女
亡き吾子の青き手に舞え風花よ　敬太郎
制服の花片はらふネイルは緋　謙久
ATMねんきん待ちの列うらら　紅雲
初春や体を明日に向けにけり　郷司牧子
渚打つ白き流木鳥雲に　合田久美
五月雨や待ちびと来ぬと濡れる肩　古賀明美
ベタ靴で参る戌の日冬浅し　古賀澄子
独り身となりて夜長の時計音　古賀守
幽霊となりて孫子の行く末を　湖香斎
打つまではとりあえずビール棚にあぐ　小嶌華子
羊羹を厚く二切れ冬の梅　小だいふく
黒塀の内は懇ろ傀儡師　小玉司
吾亦紅まさか最期になろうとは　コトリ
憧れていた君今宵は幽霊　琥珀の月
老牧師引退説教鳥雲に　小林公己子
ソフトボール金にかがやく日焼顔　小林妙子
やんはりととぢこめられて花の中　小林照江
片蔭の縁台将棋若き兄　小林由紀子
朧夜やセンターラインにスニーカーひとつ　小原富栄
湖氷り子らの歓声虹の色　小松崎操
やや寒し中臀筋に打つ注射　駒水一生

鼻先に母の残り香更衣　駒見真由美
白玉や姉は隣でストレッチ　小宮山楓
リハビリの父と青田の風の中　小村勝子
揚羽蝶横目に紅をきりと引く　小紋
知らぬ街知らぬ人過ぎ秋の暮れ　小山美珠
今まさに八十路うれしき初日かな　小山ゆずき
西日照り米研ぐ水も生温し　湖陽子
春の水滲む愛犬の命日　五葉松子
粽結う長髪縛り三代目　紺
放課後の屋上ふたり初嵐　近藤順子
ＡＩの囲碁対局や春の雨　今野秋桜
喧嘩して叱られ泣いて葱坊主　さいたまプーコ
向日葵や黄色の部屋に住むゴッホ　彩汀
梅雨出水デルタ禍居座る、新世　佐藤啓蟄
春霙ショートヘアに朱の耳飾り　齊藤秀子
子供の日ベランダキャンプとシートドラム　齊藤秀子
梅雨入りて雨と一文字農日記　齋藤信
鈍行へ夕刊の束盆休　早乙女龍千代
しゃぼん玉のドーム参考書の崖に　さかいあき子
割り切れない割り算なげく子よ梅雨や　酒井直子
ぶどう畑すっぱさここにありにけり　坂上民子
狛犬の牙から滴る五月雨　坂本和治
初詣古墳の上に建つ神社　坂本宙海
桜咲きもぬけの殻の娘のベッド　坂本雅代
青田道歩け歩けと万歩計　相良五穂
母押して初笑したショッピング　幸桜

春雷やクラリネットの半音階　さくらふく
芋虫に触れず飽きず眺めをり　笹井登喜子
水指の蓋は梶の葉あおあおと　佐々木延美
寒星を仰ぎて浜の露天風呂　佐咲ひろこ
歳上のプールのベンチに荷物置き　笹ぱんだ
雪を掻く雲開く間に出でて皆　皐月姫
蚊帳の中戯れし日は遥かなり　佐藤栄子
空っ腹に一発ペーロンの銅鑼　さとう菓子
のぞき込むねこの気配や星祭　佐藤甘平
極月や喪中はがきは二十枚　佐藤志祐
介護品返すその日になごり雪　佐藤敏之
水は良し八十路見まわる夕青田　佐藤ヒデ
ガムと紅茶で既読待つ夜長かな　佐藤一人
クリスマス届かぬ夢散る病室で　佐藤美紀子
顎外れたるかに強の扇風機　さとけん
七頁ドリルやっつけ氷水　さとみ
ハイヒール足になじんでゆく二月　里山子
極寒の白衣の戦士いざコロナ　里山さくら
砂に書く恋の一文字春惜しむ　里山まさを
春の雨とぷりと暗き給油口　真井とうか
コロナ禍で歩く花見は淋しいよ　佐野ッチ
大鳥居影を背負うて初日の出　さゆ
石榴盛りて夕焼色のコンポート　澤田桂子
秋の暮更地の隅に釣瓶井戸　猿渡温美
穂高嶺の雪を窓辺に地酒酌む　澤光
車椅子父乗せし手に春の雨　山河深秋

ときめきつ虫くいとなる日記買う　三月
ダージリンゆらりと沈みゆく夜長　紫苑
寒星は消失点の向こう側　しかもり
蚊帳くぐるブラックホールに堕ちてゆく　私淑
獣王ならぬはまぐり貝の王　至人
五月雨に聴くブルースのしゃがれ声　志是
鮎の宿女将釣師の籠のぞく　シヅ子
ワクチン接種更衣の腕白く　品川元男
大空へ競いあいたる冬木立　篠田栄子
陽炎やあの日男と女かな　篠原雨子
肩を貸し父の軽さや日向ぼこ　しのぶ
呆鳥や籠の鳥でも私は生きる　偲ぶ
蒼穹を雲とひまわり支え合い　紫野山瑞季
紅梅や地衣類宿し曲がり這う　柴やま明子
木彫師の鑿研ぐ桶に初氷　澁江阿喜子
帰国した家族の上に桜咲け　渋澤れい子
蚤はねてヤマトサウルス・イザナギイ　渋谷晶
逃避って罪か？背高泡立草　藥六
手をつなぎたくなる春の月の色　島田あんず
向日葵やなほ地に残る不発弾　島光代
薔薇の芽や検査結果の届く朝　紙魚男
酷暑の日知らぬ戦争語り継ぐ　しみずこころ
新米の合宿のあさ三杯目　清水祥月
集金のお釣りもたつく極暑かな　清水佳子
曼珠沙華鼻血押さえて帰る道　鈴木秋紫
花曇そろそろ溢れるカルヴァドス　秋結

水馬水面に写る雲の上　秀麗
咲かせたしアフガン荒野に菜の花を　しゅんちゃん
冬の月妬み嫉みを眠らせり　湘影
枝豆をつまむ夫の力こぶ　城ヶ崎由岐子
法要を終えて西日の六時堂　笙子
紅梅や富士の絶景曽我の里　庄古克也
晩夏光空澄み白き獅子かける　庄司三恵子
曼珠沙華旅立つ時も無一物　姉楽洋
ツチノコの展示と春日の看板に　白プロキオン
るりいろの初蝶あるくいしだたみ　伸子
陽炎の中へふわふわ足運ぶ　沈丁花
鉄塔の列に並べよ宵月夜　シンノスケ
位置情報鳴る孫の背浮かぶ春ひかる　新命
地下道の蛾は濡葉色傘たたむ　水牛庵乱紛
麗かなり仁王立ちのブルドッグ　水きんくつ
春の夜やかすかに届く榧の音　末田夏夫
まさをなる空を切り取り菜の花や　杉村かえで
コンテナーの鉄扉光りて夏来る　杉山昌枝
愛の日やいつも電話は私から　鈴香
あといくつこっちゃんくるかな夏休み　鈴木あやか
当番町コロナ下出来ぬ秋祭　鈴木久美子
獲りながら絶滅憂う甲虫　鈴木ボギ
たのしいねこんやはいくぞあきまつり　すずきりょうと
秋の朝五階は鳩の空の道　鈴白菜実
灼け石を当てし耳より水の音　鈴野蒼爽
まよい猫消えて久しき秋の暮　須磨子

曼珠沙華傾ぎて無事故呼びかける　すみれ
馬鹿と言ひ大好きと言ふ恋や春　制子
明るき高麗にふたたび住まひ初詣　靖女
飛ぶ鳥も足跡残す雪野かな　世宇素
リハビリのパンツ快適母の春　関根月桂
紅梅や接種開始コロナワクチン　関野明子
飴屋に通う母は夜なる曼殊沙華　折口也
田舎より届いた土筆酒すすむ　瀬戸一歩
晩夏光国歌流れる競技場　瀬戸内凡太夫
一瞬の舌に技あり蓴　瀬戸正男
肌寒や吾のためだけの飯を炊く　千波佳山
春の雨定期健診さぼろうか　蒼天如風
麦青む兄はボールと箸残し　颯萬
小判鮫のごとく口あけ春の水　相馬みつこ
背筋しゃんビルの隙間の初明かり　想祐子
祖母と見た白き兎や山へ行く　副島美恵
色あせし母子手帳繰る桃の花　園子
柳風ひとりぼつちか左胸　宇宙
階を影クキクキと九月尽　空乃井戸女
駅伝に山泰然と三日かな　宙のふう
さくらさくらこころ一枚外しけり　太子
園児らの帽子ぽこぽこ春の土　たえ吉
塀つたい隣の朝顔内で咲く　たかし
夏足袋のくるぶし銀の鈴の前　だがし菓子
四半世紀迎えし忌日桃の花　髙島さち子
遠花火ふるるるふるえる豆柴よ　打楽器

稲の花風の吹き抜く茅葺家　髙槻銀子
紅梅のふの字の枝にふふむかな　高橋笑子
俎板にいやらしくよくぬめる鯒　髙橋大五郎
ジャグリングしてる隣の花見かな　高橋寅次
春灯や書物に生きる意味さがす　髙橋みりぃ
西日差す出窓のガラス突き抜けて　高山ポン
宵の春鬼平となり屋形舟　高山佳己
初恋の儚なき夢や遠花火　滝野教子
天よりの波紋のごとく朝顔は　武井かま猫
沖縄の鎮魂を祈る夏の夕　武内和美
煩悩鎮めんと問うて氷割る　竹越結子
ああそうか今日から父も夏休　竹コバ
雲どかし山から出る陽初東風風景　武田蒼大
家呑みはちと贅沢に瓶ビール　竹田芳子
雨あがり石榴の色を手に残し　竹永光江
炒りたまご薫りほろほろ春の土　武部敞子
秋の朝赤子白眼の青白き　竹村マイ
梅雨入りの朝天色の傘走る　竹りつ
コロナ禍を着ずじまいなる更衣　多崎美奈子
ぬれ縁に凭れて手酌宵月夜　田島藤雄
新婚の津走をおろす萩見島　多田朱美
月に和紙重ねて遊ぶ花の夜　立花まいのじ
どか弁とバナナのお詫び母のこと　立谷大祐
春の夜やころりくるりと幼ねる　龍山典子
皆追いて皆老い疲れ走馬灯　立石神流
花杏捨てあぐねたるぬいぐるみ　蓼科川奈

さみしいがときに反響するピーマン　舘野まひろ
水着よりマスクの跡の濃い夏よ　田波美代子
暖かや希むもの無し膝に猫　谷昶子
大晦日帰りを急ぐ高速路　谷村秀水
星祭ちゅーる食べてるそらちゃんよ　谷百恵
春昼や我が家の猫はみんな留守　玉水
幽霊となりし我にはレモンサワー　田村聖子
洗濯機底に木の実の三つあり　田村治甫
曼珠沙華介護監視センサー切る　だるだる
赤提灯よれよれと宵の春　太郎
行く春や太陽光発電鎮座する　たろう
炭の字で「国産の甲虫あります」と　太呂平
平日の使ひ方問ふ扇風機　蒲公英／淡黄
ぐーんと飛行機雲さあ夏休　竹間遊子
初雪やそこはとんびの指定席　千津子
コロナ葬極寒の夜の親子丼　千鶴
三十路にて教育実習冬木立　ちとせ
君の嫌味なくちを柘榴に託す　衷子
種ふくみて帰りし娘のびわ熟し　美ら樹由伸
青天の点となりきり揚雲雀　ちよにいろは
盆休み長雨のああ甲子園　千代呂
種蒔の大地もぞもぞ動き出す　通
ただ単にZOOMをしない盆休　通信エース
汗がふく葉煙草吊し塩むしび　塚原恒
二月尽「きぼう」深々瀬戸跨ぐ　塚ますみ
別れぎわ小さなおじぎ豆の花　塚本美智子

走馬灯父の着信消せぬまま　月あか里
初東風やあがれあがれと走る子ら　月野しづく
灼くる砂競歩の足裏射ぬくや　月原玲子
わが顔を写して飛びししゃぼん玉　辻井智枝子
少年の茶昆の窓辺に西日差す　辻正
裏白や秘密の山は秘密なり　辻村明代
山小屋の雨戸の隙間初明り　辻本翔雄
ががんぼの壁づたい脚落とすなよ　つたば海蘭
花の夜の下で会議の老人会　津田法照
振り袖をまとうがごとき枝垂桜　津田眞知子
精霊舟流れにそって無事を祈る　土屋朝恵
菜の花や在宅勤務のスニーカー　土屋信行
別々の今年は違う花見かな　筒井千代子
爪切りの足に届かぬ春霙　つついのり
壊したがりな僕らはしゃぼん玉の中　ツナ好
「屑芋」と照れておまけの焼芋屋　常山信樹
風花や点滴落ちる左腕　椿カレン
臥す父の足の爪切るあゝ落葉　つまりの
海鳴りや日高山脈霧に果つ　つるぎ
ひと仕事終わり昼めし夏雲雀　鶴富士
粽結う母の手厚きこと覚ゆ　デイ
夏の夕に青しカリグラフィーの藍　鉄叙
春雷や快諾と書き父入所　央江
スコップの援軍来たる雪の道　テン
閑かなる売物件や揚雲雀　十一心水
腫れ手首大仏如しヤブ蚊跡　桃扇

泥乾く亀の甲羅や春惜しむ　藤堂まり子
小四の食べっぷり良し麦青む　糖類辛子
縁側で寝転がる夏休み来る　時岡真佐恵
やや寒し通りすがりのナフタリン　どくだみ茶
母が居し施設の桜実となりぬ　戸崎正明
背に子のありしは昔遠花火　戸沢ケイ子
春惜しむ孫の折り鶴栞とす　戸田陽子
冬薔薇抱き寄せること出来ぬまま　土橋みゆき
ありがたし四天王寺に射す西日　冨安幸志
雪解や「テセウスの船」完読し　知己
こみ上げて来る幸せの初笑　友竹幸子
初東風や信貴山ゆらり張子虎　供田満智子
冬薔薇や無垢の魂錆びるごと　鳥町名央
書くことのある日のための日記買う　とわずがたり
水飯を掻き込み海へ駆け込んで　とんがり頭
秋の朝線香よりか煙草の香　ナイトブック
歓喜の児舞ってしゃぼん玉追ってはしゃぐ　なおロング
春昼や住宅街のメヌエット　中澤享子
渓声や氷柱と成るも滴落つ　中島裕貴
瞼閉じ癒えぬ傷あと梅雨のごと　中島由美子
機嫌良き妻に濃茶の夜長かな　永田証真
遺言状書きて菜の花見にゆかん　永田健
変わりたい手段のひとつ日記買う　長月晴日
十七年父の居場所のパナマ帽　長沼幸子
居留地に流るる二胡の音の涼し　なかの花梨
暖かや二駅乗り越す日曜日　中野風鈴

滑り台親はしゃぎ過ぎ子供の日　中野方子
狐火をよく見たと夫さらり言ふ　中野康子
三日月や夫に話せぬ恋一つ　中村すじこ
五階よりぽこぽこ降り来しゃぼん玉　中山和美
狐火に賭けてみようか大人婚　流和美
雪解や旅立ちの歌くちずさむ　流孝博
君の瞳の真正直さよ冬の月　菜瑚
亡き母の玄関に杖土筆のび　那須のお漬物
近づきて弾け飛びあう水馬　名計宗幸
水たまり揺れる電灯星祭　奈美
亡き犬のワクチンの報せ来て春　並さんぴん
首回し肩こりかよと扇風機　奈良健
「龍」の句集の黄ばみ桜実となる　南香陽花
白血球の数が足りない石榴の実　南部小花
月光やあめ玉ひとつ照らしけり　新島かのん
病棟を這ふ幽霊のA氏かな　西川ちこ
海岸の近き風呂場や蟹のゐる　西さくら
十六夜にすつぴんの魔女映けり　西田月旦
ポケツトの無花果や母のまなざし　西田知家子
枇杷揺れる我が爲うたう子守歌　西田弥生
葱坊主背伸び伸び伸び青い海　にしみさお
初めての教科書匂う花曇　西村友宏
春園や都庁へ若き背広たち　西村棗
空広く窓の額縁曼珠沙華　西村仁美
樟のうの匂いのこりて雛納め　西村泰子
揚雲雀青の自転車漕ぐ女児よ　庭熊彩和音

祖父病んで背高アワダチ草の群れ　丹羽れお
裁ち鋏繰る手の白や曼珠沙華　暖井むゆき
風花舞ふごめんなさいが言えなくて　ねこじゃらし
喉奥を白玉過ぎて風吹かん　ノアノア
種袋未来ふくらむ空は青　のきしのぶ
深呼吸よいことありそな初明り　野崎和代
夏草や分け入りてなお地蔵尊　のさと
葡萄の実ラジオ聞かせしカラスよけ　野田香代子
冬苺洗ふ七度六分の熱り　乃々
三日月に刺され砕かれたき恋や　のの
肌寒き柊野別れというひびき　のまホップ
枇杷熟し数独のマスうまりけり　紀幸
跳ね津走先天性の自由かな　のりしお
春暁や米研ぐ手より目覚めけり　のりのり
薔薇の芽を英国紳士潜り抜く　破筋尊
宿題終へこうし窓から夏雲雀　俳句好きの男の子!!
歌垣かわが家の庭に鳥の恋　波來谷傑
春の雨涙の訳を問はれても　橋詰とわ
夏の夕うす紫の静けさや　橋本海豹
開業の準備着々春の土　橋本千浪
役終えて母とふたりの遠花火　橋本知子
春泥の山靴並ぶ下山バス　長谷川ひろし
鉦叩け精霊舟の皆で引け　長谷川遊山
寺の駅臨時停車や出開帳　沙魚とと
ツーリング今日はリュックに破魔矢揺れ　畑中正
柔らかにペン先沈む五月雨　8の月

生活のリセット玉葱を切る夜　発芽玄米
赤ペンのインク尽きたる夜長かな　麦華洲
冬の日や水面に揺らぐ鳳凰堂　服部和典
神さんと祖母に供える鮓の香や　華気聖
宿や火と鮎を観る子と呑む妻と　花染佳桜里
角まがりやっぱり咲いてた金木犀　花散里
駐車場のわだちをさけて仏の座　華
見上げれば稜線あおく春めく日　ハノハノ
花びらの落つる間照らす街灯り　はまお
今さらと慌てる夜半の雛納め　浜光波
コロナ禍や孫よりメール桃送る　浜田典夫
麻痺の身の肉細りゆく酷暑かな　はやかわ盧鈍
花梨の実木の又にをりけものめく　原水仙
まっさらな壁へ釘打つ愛の日よ　春海凌
チョコレート父に供える二月かな　春颪
秋の昼雲を眺めるランチかな　春来燕
栗名月溢れてこぼれ頬に落つ　春田寧々
新しい仕事探すと枝垂桜　春美
卒業歌聞こえぬ年の散歩道　ぱんだ社長
明日香の田花街のごと曼珠沙華　伴智恵
吾子の身丈半分津走10匹　万里の森
枇杷熟るる綿毛に残る昨夜の香　ピアニシモ
雪の夜の黙に手紙を書きをりぬ　柊月子
ほめられた服をたたみて春惜しむ　柊まち
白黒のパルナス遠き日のクリスマス　東豊
自転車の影くっきりと夏雲雀　引口みきこ

角もちて合せ寄り合う蚊帳畳み　樋口嘉代子
秋の夜やカレーは辛くめし甘く　久鍋得利子
桜咲き燥ぎすぎた子背に眠る　土方珠枝
稲の穂の上辺を撫でて風来たる　鶲
冬の梅我の目見返す鏡井戸　英克
冬川の忘れどころに住む魚　秀爺
渋滞よ続け落花の通勤路　ひ・と・み
お裾分け菊菜菊菜の冷凍庫　ひなた
剥製の目に棲むいのち晩夏光　ピノ子
一歩二歩やがて百歩や春の土　日々妃
あんなこと聞いた後にも秋茄子　閑人
クリスマス夏には五輪ありました　桧山和枝
夏の夕今年を託す薬かな　ひややっこ
白樺の木立に木椅子晩夏光　平岩千恵
開封の迷ひし手紙春の雷　平柿洋子
初みくじ心の枝にむすびけり　平川靜子
夕闇にまどうおんなよ桃の花　平中小紅
花曇白き喉骨だぶる祖父　平野寿々
朝顔を3日数えてあと白紙　平野ひだまり
梅雨入たるバックナンバー読みふけり　平本文
朧夜に姉につれられもらい風呂　広崎京子
おこしやすお辞儀している水仙花　広崎正孝
輪飾をかけし日友のみまかりし日　広島しずか80
山門でふいに出会った木槿かな　広谷聖子
初東風やフードコートの受験生　ひろぽん
日向ぼこ陽だまり動く我もまた　ファンティン

花片やモーツアルトのセレナード　風香
置き去りのトッポンチーノ秋の朝　風子
切り株に腰をかけるや秋の水　ふぇい
おぼろ夜の夢おぼろなる亡夫に会う　福岡シゲノ
正装してまず水仙に迎えられ　福島ゆき
かの国のことは語らず竹婦人　福田由美子
トラクター畑の甘藍つぶしをり　福本かよ
産直の市場に行儀よく土筆　藤井天晴
赤椿流すは君の合図かな　不二自然
微笑みの目を潤ませて卒業歌　藤代省吾
壊れゆく母の三年日記買う　藤田新一郎
夏来たるあの声優が好きやねん　藤田みのり
蒲公英の花束見ゆるガードレール　藤野順子
熱砂あの靴は熱砂のとりこになる　フジヒサノ
愛の日やシンクいっぱい洗い物　伏見知子
かぶと虫脱走するかな定点観測　藤本孝直
やごとんぼやごはとんぼのこどもです　藤本孝政
しんがりはいつも弟瓢の笛　船津夏晶
更衣剃りあとまぶし十三才　扶美
愛の日や一生わかり合へぬひと　冬菊
「罪と罰」読み終えて知る五月雨　芙蓉
丑年は七回目なり枇杷食す　古橋サカエ
最後まで顔出さぬ土中の土筆　フレブル
朝顔やビルじいさんの訃報あり　プロコ
風花や啄む枝のその先に　文々
満作やちらし寿しなど作りませう　ぶんぶん

磯巾着誰の秘密を守りたる　ぺこ
寝落ちしさうな春昼のシャバーサナ　弁女
双六や外出禁止を振っている　彷徨人
西日さすカーテン裾に伸びて猫　房総たまちゃん
若草や教室壁の「一歩ずつ」　星大福
冬の月人工呼吸器のずらり　ほしの有紀
湧きし汗山頂の子の汗冷える　細川治子
茶釜から松風の音冬薔薇　細田直人
煮大根格子格子の灯りあり　ほのぼぉの
葡萄狩り日照雨が洗う玉の房　堀井和衷
レプリカの円空仏と新茶汲む　堀輝子
古希の母切り跡鋭く刈田かな　凡痴
長靴の踵で跳ねる初氷　馬門宗太
積ん読の一掴みせし秋の夜を　真喜王
福引のためだけに道急ぎけり　まこ
日焼したしずくの光る頬清し　まこく
麦青む鴻鵠ならへいが坊主　至純
新築の現場監督こがね虫　昌代
男らの番付談義春日かな　増山真由美
火葬場の西へ杲鳥霞み消ゆ　真白
金太郎三人居たり蚊帳の中　増田正巳
春雷やペダル踏む足力入れ　町田隆子
うそ寒や笑えど苦き通夜の酒　まちゃみ
旧姓は耳に留まらず秋の声　松井三佳
春めくやスタッカートに弾む指　松浦弘子
薔薇の芽や猫にも離乳食のあり　松浦麗久

褐色の祖父の手帖や夏の夕　松尾淳仁
白玉や攻守転ずる見合い席　松尾昌典
極寒や湯が煮えたぎる通し土間　抹茶子
夏の蝶飛び立ち雨の上がるらし　松永幸江
幽霊に道をたずねる三回忌　松虫姫の村人
近隣の不和を忘るる初日かな　松本笑月
草木零落す帝大生の眼　松元詩歩子
星祭光ファイバーの川渡る　松本千絵
寝ていればいいんじゃないか閑古鳥　松本仁亜
春昼の律儀なものに鳩時計　松本裕子
梅雨入や短期入所のくすりばこ　松山のとまと
うららかやパンダの親子コロコロと　松山美津子
刺青の花弁をなぞる万愚節　真冬峰
行く春やひびまっすぐにゆでたまご　豆田こまめ
上京の孫待つ祖父の夏休　間森坦
ぬくもりの消えてひとりや花の夜　まゆ
冬の日を背にしてゐるや奥座敷　まゆみ
風に乗り生き残りかけるしゃぼん玉　まゆを
「奥の細道」を読む冬日であろう　まるかじり
冬苺食む口元もみずみずし　丸亀まるこ
紅梅や祖母の得意なちらしずし　丸小笑
月光や眠れぬ夜の波しづか　丸芳てつ
熱砂払うSDGsバッジ光る　マレット
寒星やどこまで続く冬の旅　まろみ
デスク替えは女闘鶏師の指示　まんからかん
盆休みテイクアウトのひとり寿司　満腹羊

初めての微分積分蛇の肌　萬楽
極寒を急ぎ我が爪先いづこ　みおつくし
春昼やほんの幸せブルマンと　美歌音
遠隔で特養さがす春霙　美還
舶来の眠りの秘薬バナナかな　みき女
灼かれたるシャッターアートだけの街　未茶歩
猫抱きてまだ猫欲しい夜長かな　水色
すすぎ物昼には乾き夏休　みたせつよ
幽霊画こっそりぬけだしいずこかへ　道下奏
くもりの日はひとり母待つしゃぼん玉　満田由佳子
まあたらしい切り株にあえぐ夏の蝶　みつまめ
ブックカフェ二月のホットチョコレート　美富由美子
改札の定番位置に燕来る　水口明美
折りたたみベットに頬づえ晩夏光　南しをん
水馬の足光り合う小川かな　南ともよ
好きな娘の思い出を背の雪野かな　みにとまあいこ
秋の雲長き老後をケセラセラ　峯尾隆治
菓子空箱に一寸五組のひな納め　みのとし
ハチ公前君の咳かと振り返る　御法川直子
はこべらや護岸工事の音しずか　みのる
雛納め奉公永き女官かな　みほこ
鬱屈と夫と歩めば鳥の恋　宮井そら
冬灯うまかおかべはいやはんどかい　宮内泰喜
人間にヒトぞ天敵酷暑かな　都みちゐ
炊きたての新米香り玉子かけ　宮田和子
竈猫きゅうくつさうに向きを変へ　宮武濱女

向日葵や泥の重さに立ち尽くす　宮本徳美
パナマ帽爺さん杖を忘れけり　三好しず九
夏休み黄色い花が風にのる　みらい8才
葬儀果つ夜の静寂を焼芋屋　海羽美食
片蔭を往く髪乱す排気熱　麦
父母《おや》と生家《いえ》ともに消へ果て帰る雁　村井美智子
侘助や若き日の所作一服の手　村中よこ
龍の目の光となりて寒の水　ムラノヒト
侘助の横顔話し相手待つ　村松陽子
満作の絡まりほどけ山日和　村山糸江
庭先の「野菜直売」夏来る　村山惠美
水飯にする飯なんて戦後の日　目木貴美子
春暁や犬のリードの張りピンと　毛座人
敗荷の落つ泥濘に天映る　望月美和
朝日課至福ひととき新茶待つ　茂木星江
箱から蜜柑並べたる新聞紙　もときくん
カルメンのリズムで玉葱の微塵　百七
一夜明け私は私夏来たる　最中
校庭の石榴の甘き記憶かな　百瀬結花
ワクチンを打つかのごとく蝮酒　百三
桜実となる飯事の犬の役　ももたもも
殺処分フレコンバッグに雪静か　森下貴子
何も居ぬ睡蓮鉢の初氷　森田萌木
桃の花エコー画像の拍動す　もりたきみ
春の水母と並びて菜を洗う　森田けい子
初蝶に背守りされてランドセル　森田正枝

霜焼の足裏浮かせて歩く技　森反真子
誘蛾灯「休《やすみ》」ばかりのシフト表　杜まお実
雪野立つ羽音の主はもう見えぬ　森美千代
おろしたき拳の行方大晦日　森本明美
斑点の出たるバナナやいとうまし　森本裕子
麗かや回転翼のばくばくばく　八木実
菊日和左千夫読みさす無人駅　やざき千紗
鬼の子やマスクしたままぎゅっとして　八島清麟
百点をもっと取りたい星祭　八島鳳華
亡祖父のたばこのにほひパナマ帽　八島裕月
揚羽蝶二度見許さず過ぎゆけり　安田武文
無人ヘリ朝の青田に風をよぶ　矢田啓子
霜焼やこの指どこの誰の指　谷地ぼんず
青法被折り目崩して秋祭　やなか
初詣きつねせんべい味噌の味　柳原惠津子
春暁の小さき母のむつき替ゆ　柳本あらら
ひまわりの力強きぞ咲き誇る　矢野嘉代子
受験期や甲種免許を袴はき　山鹿しづ子
透析の人生五年日記買ふ　山川腎茶
春の雨眼いしゃの待合耳にジャズ　山口夏葉
引越の荷物届けば初蝶来　山口俊之
片蔭や公園脇の掲示板　山口秀子
春暁の野に舞い降りた鷺一羽　山﨑豊美
銀杏落葉一陣の風歓声《こえ》あがる　山﨑好志子
眼の検査終えて帰宅や花曇　山下利子
陽炎や数学者しか知らぬ数　山田怠洋

茶渋見てリモートワーク二度めの春　山田モチモチ
潮干狩夕餉に足るる小さき籠　山中陽子
孫の背を柱にしるし夏の夕　山根文子
睦み合ふ味のたまり場煮大根　山根悠翁
青空や脱穀を待つ稲の山　山の日
酒蔵のまち静かなり花曇　山法師
鼻に蚤うちの子になれ保護の犬　山本真喜
退職を一人祝はむ花の夜　山本眞名井
朝めざめ床の冷たき跣足かな　やよい
古書店をはしごしている秋の暮　湯浅美登利
風花や十五の姪の病知る　結子
破魔矢持ちふざける子らの後ろ追い　遊水夏
運転す腕に西日を抱へては　夕虹くすん
もの言へぬ愛犬の目よ春霙　友風里人
鷺の足五ミリ沈んで春の土　雪椿
高草へ小さき気流や夏の蝶　雪音
寄り添いて病室で見る初日かな　ゆきんこ
鬼の子のいっせいに鳴る腹時計　ゆすらご
栞ひも伸ばす夜長やハーブティー　ゆにゆに
桃好きのグレースーツがモモ探す　弓原トーヤ
大阪弁あやつる僧や葛の花　宵眞智
はこべらやストライダーが接近中　陽生子
ふるさとの種ばつかりの枇杷とどく　陽光
猟犬を寝かせる穴を掘る朝日　欲句歩
花の夜稚児《やや》には稚児の泣く理由　吉井紅
ありやなし古希の思いや螽蟖　吉岡隆

初明り眉間に宿る佳きちから　代志惠華
重力のまま滝もあの子も僕もまた　よしざね弓
この色や向日葵見上げ息をはく　吉田正美
「桃太郎」を諳ずる児や夏の草　吉野五条
雪解けて青空抱く蔵王山　よしみ
精霊舟の置くときわづか傾ぎたる　よねこ
秋の暮ペットの小さき骨を抱く　米はぬる
羅や晴海通りの履物屋　ラーラ
輪飾の藁で綱引き雀二羽　らいす
思春期の加減も知らず捥いだ桃　雷紋
霜焼のぴりり指泣くどれみふぁそ　蘭菜
老いてなほ思案のネイル夏来たる　りあん
秋祭桶いっぱいの稲荷寿司　里佐
枇杷熟るる井戸端会議復活し　リホウ
大阪の川はどんどこペーロンや　流郁彰子
江戸の恋はジェンダーフリー星祭　りょくまる
北窓をひらく本日ぎょうざ鍋　麟
幽霊と呼んでも人間だったのです　鈴奈
潮の香の通用口や宵の春　りんりん。
国道のはるか山裾冬灯　ルーミイ
おしっこを初めて教う枇杷熟れる　琉璃波
幽々たる離れに祖父と竹婦人　るる子
風送る祖母の手ゆるむ蚊帳の中　れんげ草
水晶さざれすべてに太陽映りて春　蓮生
まったりと芝の深さを眠る蛇　蓮々
朧夜の仮面の君は頬ひやり　ろーりんぐ

花片をグラスで受ける賭に勝ち　吾子
人の手に渡せし土地よ葛の花　わたなべあきみ
両手に荷頼る影なき西日照り　渡部タズヨ
思考力のべたべた溶け出して酷暑　鰐石文江

もう一歩

潮干狩桑名のはまぐり今はまぼろし　アリア等々力
釣り糸をひとまわりして花筏　伊藤美和子
農作業きゅうりむさぼり酷暑かな　伊藤礼子
初初しぎふ蝶来たり里恋ふて　太田多江子
サフラン湯とりあげ婆の温し手や　岡野むつみ
旧姓をなつかしむわれ清水かな　旧姓清水
石清水光る蟹の背見せられて　進藤ふじ子
まず昼寝今夜は採るぞカブトムシ　鈴木紀之
庭先によぎる祖父の背十三夜　蛸端龍
つくばいの薄氷白し初詣　田中有美
募る想いよ剪定後の春霙　環まこと
オスプレイのごと雪雲の夜汽車　照美
梅雨空に餌づけメダカさっと動き　福井勝
竹林に風さやさやと梅雨晴れの朝　福田祐子
見紛ふや花片一つ舞ふ蝶よ　ほなみ
雪掻きになお降り積もる白い息　松岡亜紀子
日除け台枇杷一袋百円　道工和
宮参り三鈷の松を見つけたり　森脇澄子
十六夜の月点滅信号を越し　ゆき子

索引

夏井いつき（なついいつき）

昭和32年生まれ。松山市在住。8年間の中学校国語教諭経験の後、俳人へ転身。「第8回俳壇賞」受賞。俳句集団「いつき組」組長。創作活動に加え、俳句の指導にも力を注ぎ、俳句の授業〈句会ライブ〉や、全国高等学校俳句選手権「俳句甲子園」の創設に関わるなど活動中。松山市公式俳句サイト「俳句ポスト365」、朝日新聞愛媛俳壇、愛媛新聞日曜版小中学生俳句欄など多くの選者を務める。『プレバト!!』（毎日放送系）など、テレビ・ラジオの出演多数。2015年より俳都松山大使。2020年よりYoutube『夏井いつき俳句チャンネル』をスタート。著書に、『夏井いつきのおウチde俳句』（朝日出版社）、『句集伊月集　梟』（朝日出版社）、『夏井いつきの世界一わかりやすい俳句の授業』（PHP研究所）、『夏井いつきの日々是「肯」日』（清流出版）、『食卓で読む一句、二句。』（ワニブックス）など多数。

2022年版 夏井いつきの365日季語手帖

2021年12月21日　初版第1刷発行

発行者　安澤真央

発行　株式会社レゾンクリエイト
〒101-0041
東京都千代田区神田須田町1-18-1
アーバンスクエア神田802
電話　03-5207-2455

発売　日販アイ・ピー・エス株式会社
〒113-0034
東京都文京区湯島1-3-4
電話　03-5802-1859

デザイン　熊谷昭典（SPAIS）　吉野博之　井上唯
イラスト　なかむら葉子
執筆協力　ローゼン千津　美杉しげり　八塚秀美　家藤正人
編集　レゾンクリエイト（佐藤智）
編集協力　夏井&カンパニー（伊藤久乃）
校正　早瀬文
印刷・製本　株式会社シナノ

ISBN978-4-9909928-6-6